U0529022

人民艺术家·王蒙
创作70年全稿

小说编
笑的风

· 12 ·

王　蒙

目　录

第 一 章　春风飘扬"喜"从天降……………………（1）
第 二 章　大媳妇的力量与风景…………………（7）
第 三 章　暖和的小家家……………………………（15）
第 四 章　动荡年代的平安与幸福………………（23）
第 五 章　啊！北京…………………………………（31）
第 六 章　患病见真情………………………………（39）
第 七 章　一曲温柔《乡恋》痴……………………（46）
第 八 章　嘛事儿啊，他妹子………………………（52）
第 九 章　大上海、《小街》、蓬拆拆………………（57）
第 十 章　火星、仙女座、窑子货…………………（65）
第十一章　只不过是想念你………………………（73）
第十二章　一九八五年西柏林地平线上………（80）
第十三章　洲际酒店梦幻曲………………………（86）
第十四章　滚石击打爱情生猛……………………（91）
第十五章　枪杀了也是爱了………………………（99）
第十六章　离婚过堂…………………………………（107）
第十七章　拳打脚踢目标清………………………（112）
第十八章　为妇女出气"哈勒绍"…………………（119）
第十九章　要不，你还是回去吧…………………（125）
第二十章　快意咏新歌……………………………（132）

第二十一章　神秘的烤箱究竟要烤什么呢 …………… (138)

第二十二章　幸福总是携带着一点尴尬 ……………… (145)

第二十三章　至人无梦 …………………………………… (150)

第二十四章　神童现身满乾坤 …………………………… (154)

第二十五章　谁为这些无端被休的人妻洒泪立碑 ……… (161)

第二十六章　田园将芜胡不归 …………………………… (167)

第二十七章　玉堂春暖餐厅 ……………………………… (175)

第二十八章　金丝雀与外语桥 …………………………… (185)

第二十九章　不哭 ………………………………………… (191)

第一章 春风飘扬"喜"从天降

一九五八年春天,滨海县中学迁移到新址三层楼房,傅大成得到资助贫农子弟的扩大招生助学金,十七岁零七个月的他,辍学三年之后,破格补招,合格录取,成了意气生猛的"大跃进"年代高中在校学生。其根由还在于省团委机关报五四青年节征文中,傅大成获奖,成了全村、全乡、全县一直到省上引人注目的"青年农民秀才"。

县中学新宿舍楼内,依据当地习惯,没有建卫生间,住校生们沉睡中起夜,也要下楼出楼,到二百多米外体育场附近上厕所。想当初,卫生间在滨海县,意味着反卫生坏卫生绝对不卫生的臊臭腥呛,不雅气味打鼻子撞脸。这晚大成跑步出发,上完厕所缓缓回到只有臭小子汗味与某些梦遗气味的宿舍,路上,恍惚听到春风送来的一缕女孩子笑声。那时这个县尚保留着旧中国做法,高小——小学五、六年级,男女分班,初高中男女分校,只有初小与上大学后这两头,才是男女同班。大成没有姐妹,邻居没有女生,女孩儿的笑声对于大成,有点稀奇与生分。这次夜风吹送的笑声清脆活泼,天真烂漫,如流星如浪花如夜鸟啼鸣,随风渐起,擦响耳膜,掠过脸孔,弹拨抚摸身躯,挑动思绪。风因笑而迷人,笑因风而起伏。然后随风而逝,渐行渐远,恋恋不舍,复归于平静安息。于是笑声风声不再,只剩下车声、虫声,家犬夜吠,稀落的夜鸟思春,鸡笼里又偶尔传出鸡崽们相互挤踏引起的怨叹。再之后,鸟散犬止,车停人归,星光昏暗,小雨淅沥,雨声代替了没收了一切其他动静,滴滴答答饮泣般地令人战栗。

他回想着这奇异的风的笑声,笑的风声,忽然,他两眼发黑,大汗淋漓,天旋地转,好害怕呀,这是什么病痛吗?是晚饭吃少了?第一次青春与春夜晕眩,奇妙,恐慌,甜美。慢慢好了一点。他呻吟一声,同舍的学生有一个醒了,问他:"傅大成,你怎么啦?"

然后连续多天,大成在写一首关于春风将女孩儿的笑声吹来的诗:

　　笑声乘风前来
　　春风随笑扬波
　　叮叮叮
　　咯咯咯
　　风将我吹醒
　　风将我拂乐
　　笑将风引来
　　笑与风就此别过
　　春天就这样到来
　　春天就这样走了呵

　　笑在风中
　　笑出十里内外
　　笑在雨里
　　笑得花落花开
　　笑在心里
　　笑得冬去春来
　　笑动大地长空
　　笑亮春花春月春海
　　的格儿的格儿楞
　　依呼儿呀呼儿咳……

大成的未完成诗篇在全校传抄,开始流传到外校本县外县本专区外区本市外市外省。诗歌掌握了青年,也就要接受青年人的掌握、拾掇与再创造。传播就必定出新,接受就必定再熏制,诗与青春,当然要互相戏耍、互相改变、互相婉转。于是出现了一些烂句子:"听到了笑声如看见了你,看见了你如搂到怀里……"这其实是传播者自己的添油加醋,流传以后无人认领,被说成傅大成的词儿了。一首这样的歌被男生们唱起来了,套用二十世纪初流行歌曲作曲家黎锦晖的《葡萄仙子》曲调。而本地梆子剧团一位编剧趁势为诗戏作:微风巧倩梦,细雨缠绵天。小子岂无梦,多情许未眠。几声欢笑脆,双乳妙峰酣。喜谑随风散,玲珑滚玉盘。编剧加注说:"巧倩"是指"美目盼兮,巧笑倩兮";而双乳峰位于贵州黔西南布依族苗族自治州(兴义市)贞丰县。

党支部宣传委员与校团总支部书记找大成谈了一次话,一个是希望他慎独、谨言,注意群众影响。一个是学校与县团委都高度评价他的阶级出身、思想表现、功课成绩,特别是他的艰苦朴素的生活作风与刻苦学习态度,准备在他年满十八岁时发展他入党,近期就要提名他担任校团总支部副书记……他一定要好自为之。说得傅大成面红耳赤,如坐针毡。

十八岁生日后几个月过去了,大成没能入党,也没有担任团总支副书记,透露出来的说法是他的《笑的风》格调不高,影响不好。暑假一到,大成几乎是蔫呆呆地回到乡下……本来诸事如意,天下太平,现在反而自觉有几分抱愧,甚至于有点灰溜溜的了。应了他们家从小就教育他的"警世通言":"少想好事儿!"中华农村的哲学是:想好事儿,这正是一切败兴的根源。

一九五九年春节前,寒假一到,他回到农村自家,更是平地一声雷,天翻地覆:父母做主,要他与本村一位中农女儿,比他大五岁的俊女白甜美结婚。他坚决拒绝,说自己还小。父母说不小,乡与村两级都有头面老人证明傅大成达到了结婚法定年龄二十岁,现在的十八岁之说是由于原来户口本上写错了,最早上户口时耽误了两年,把已经满地跑爱说话的大成写成了刚刚出生。有关方面对此完全认可,并已经改正了他的年龄,从十八岁变成二十岁;乡政府民政干事也已经准备好为他扯出结婚证书。

真善美真善美,对于大成的婚配来说,善美重于真不真。媳妇过门,将使大成妈妈腰腿病引起的家事危机全部解除,大成爸爸也要享上清福;将使毕生劳苦的双亲咽气之前看到孙子,延续香火,对得起祖宗先人。尤其是,村民乡民认识他们的人都认为,能与俊煞人灵煞人喜煞人的甜美相匹配的家乡儿郎,只有本村唯一高中学生、省征文获奖秀才傅大成一人也。

还有,白家由于成分偏高,女儿心气又强,想娶她的她不嫁,她想嫁的人又找不到,她的臭美自赏,本村人的说法是"酸不溜丢",拖到二十三不嫁人这种状态,有可能招引起广大妇女的同仇敌忾,要不就是幸灾乐祸看笑话,看祸害。据说白家上一辈人为水利与宅基地争端,得罪过邻村黄姓一族,仇家黄某某,一直想把白家成分改变成富农,将白家人从人民的队伍推搡到黄世仁南霸天附近。于是白甜美自己提出来嫁贫农出身高中学生傅大成的愿望,不无为白氏家族命运一搏的投注意味。傅大成听说后全身发烧,耳朵根红里变紫,如仙如死如光天化日偷窃被抓住,如大庭广众的场合,意外地脱落下了裤子。

白家说,他们的婚事不需要傅家拿出任何聘礼,而白家会付出相当优厚的陪嫁用品:光大城市百货店里卖的鹅绒枕头就六个,花面被子两床。大成爹娘都提醒儿子不要忘记他们因为贫穷,初中毕业后让孩子辍学三年,母亲多病,家务潦倒,困难重重……还有白甜美的聪明美丽健壮勤快手巧麻利那是全村有名的。然后三大伯六大叔、五大婶四大姨、妇女主任、书记、村长、会计、出纳,这爷爷那奶奶,除地富分子外,都来了,连新婚不久的姐姐嫂嫂们也都来找他谈心拉呱打趣,吃他的豆腐,暗示明示,他的新婚必将出现火星四溅、山花怒放、吭哧哼哧、人生奇趣盛况。全村四十五岁以下已婚育龄妇女，见到大成，个个笑得前仰后合，喜而贺，馋而妒，垂涎点点滴，给他加油打气，分享他的"小小子，坐门墩，哭哭啼啼，要媳妇"好梦成真的乐趣，然后分析、嘲笑、预设着白甜美足吃"嫩草"的既甜且美。至于娶不起媳妇的光棍儿们，歌颂他的福气，露骨地表达着羡慕忌妒恨，同时为他的新婚第一夜献计献策，启蒙传授，口沫四溅。大成只觉得上天无路，入地无门，跃进中积极进取的青年学生傅大成，不知怎样摆脱粗鄙恶心的精神污染。

大成的颠覆性认知还在于，除了他一人蒙在鼓里，全村父老，全乡高中学生，更有各方面各部门有关领导与民政工作人员，还有诸如理发员售货员妇产科医护人员，都知道他要娶媳妇了，都为傅白二家的喜事做好了准备。他已经铁定是白甜美的丈夫了，尴尬狼狈也罢，幸福美满也罢，早早过门也罢，再绷上几年也罢，大势已趋大局已定，媳妇在怀，婚姻凿实，全村全民共识，不留质疑空间，更不要想有什么变动。更离奇的是，对白家的一切，尤其是对二十三岁没出阁的白甜美坚持劣评的邻村黄氏家族，居然因了傅家的阶级成分、公众形象与人缘，因了全村加邻村第一个高中生的大局而不持异议，对傅大成兄弟，表达了坚守贫农立场与敬重斯文文化传统的善意。

手也没有拉过，话也没有说过，更没有听到过甜美的笑声，如铜铃？如破鼓？如撕帛？如锯木？他什么也不知道，什么也没有接触，他已经大汗淋漓，他已经几近虚脱，他已经面色苍白……村上的少数所谓"二流子"，已经联系他说要帮助他"整点药补一补"了。

这时他想起了课堂上老师讲的一句话，宋朝曾慥指出：一念之差，乃至于此。一念之美，何尝不如是乎？一九五九年春节前夕的傅大成，在环境与舆论都不容异议的条件下，忽然找到了精神出路，他应该顺着这条笔直光鲜的大路解脱自己：试想想，头一年春天的风声，假设说，干脆说，送来的非是别个，那正是白甜美大媳妇的笑声呢！这就是天意，这就是命运，这就是活蹦乱跳的鹿一样兔一样鱼一样的爱情啊！为什么不顺竿上爬、顺坡下驴、认定跃进春风送来的正是白甜美的甘甜美好的笑声呢？春风月老，笑声红线，春夜甜美，春雨滋润，天作之合，男女怀春。事已铁定，何不甜其甜而美其美？又岂敢岂能苦其甘而秽其美也欤？

第二章 大媳妇的力量与风景

初中毕业那年，大成母亲难产，婴儿妹死，母亲躺了半年，落下难以痊愈的腰腿病。大成当然不可能再继续学业。那个年代高中办得很少，穷乡僻壤村落，有个小学可上，又上了初中，已经很了不起。必须感谢的是一九五八年"大跃进"，什么都努全力而跃其大进，所有干部都受毛主席《关于农业合作化问题》的生动鼓舞，自省是不是自己成了"需要击一猛掌"的"小脚女人"。傅大成乘着疾风而不是顶着疾风，以劲草姿态续上高中，后人得知他的上学故事，也许觉得新奇咄咄怪。

上高中不久，就在起夜如厕归来的毛毛雨路上，听到令他闻声起舞、恨不得满地打旋的女孩子的笑声。根据他家乡生活的经验，这笑声远的话，有风送便能达到，说不定来自三至五公里以外。这天赐的笑声居然落实为他与一个大白媳妇的姻缘。开始还扭扭抵抗，关键时刻，豁然顿悟：这就是白甜美在自家的远距离之笑，不是，也可以认定信定笃定：就是！又甜又美岂能不笑？当然。风为了甜美而送来笑声，风与笑互为表里，互作贡献，互相拥抱结合；这是诗的想象，是比现实更伟大的实现。他还相信，他应该、他可以到老到了，混沌判断评价此婚姻，但他将一直留恋这笑声，他委实痛心于自己十七八岁时硬被做成二十岁的勉强娶妻的被动——后来更时兴的词儿叫做"被劫持"，却又真真确确纾解于将笑的风声视为自己生命自觉、审美自觉、爱情自觉、男子汉自觉的天启天意，将风的笑声理解为接受为与自己进入同一被窝的媳妇的示爱之声,啊,我的春情,我的男儿的救苦救难的女菩萨呀,他哭了。谁说没有,笑的风令他晕眩,那就是傅大成与白甜美的罗曼司、神交史与爱情传奇啊!一念之间,化苦为乐,化梗阻为畅舒;伟哉,逆来顺受,这是我们乡下人的心理功底无不胜!

而"大跃进"年代,写作《笑的风》后不久,他的县与他的学校,宿舍楼内盖起卫生间,也算学校设施的一个小小跃进。次年寒假后,实现了男女合校,跃得更进。夜半风吹小女子的笑声的奇妙感觉,很难再出现了。他也渐渐察觉到,甜美媳妇的笑声另路,他那次听到了的当然不一定就是甜美的笑声。事出有因,查无实据,笑声风声是他听到了也感动了的,大媳妇是他抱在屋里怀里炕上的。墙里秋千墙外道……笑渐不闻声渐悄,多情却被无情恼。隔着不知凡几的夜空与细雨,笑声美丽荒唐得人心悸痛。不是甜美的笑声也是神仙笑语,是告诉大成,已经到了与甜美百年好合的当儿啦!

更奇怪的是,"笑的风"影响了他的仕途与一生:后来代替他担任团委副书记(五九年后团总支部改为团委)的是在功课上始终与他有一拼的赵光彩,赵光彩比他实际上小四岁,而后来从干部登记表上看,是比他小六岁,因为为了结婚大成被增长了两岁。一九六一年大成他与赵光彩并肩上了外语学院,他学俄语,赵光彩学日语。赵光彩后来官运似乎不错。而他,一直热心于文学创作,也算是功成名就,成为不需要强调"著名"就当真被知晓为"著名"的"著名作家"。而绝对称得上是渔村美女的白甜美,搞得他醉得他累得他犯了两次晕眩症。甜美真好,甜美带着自己的大个子小丈夫,去县城找了白氏宗亲老中医白神仙,开了三服中药一瓶药酒,吃好了吃棒了傅大成同学。经过妥为打扮,傅大成英俊更英俊,高大更高大,精神更精神。村里乡里,都认为白甜美与傅家互择婿妻这一注子,押对了。

一九六一年,大成二十一岁,号称二十三岁,高中毕业,他考上省城外语学院,甜美生下了儿子小龙,到六三年春节,又生下闺女小凤。

他们已经一儿一女,甜美也有了县城服装厂里的工作。而同时,大成又开始想,自己可能缺少了点什么。他深深意识到,他的拥有已经大大超过了本村阶级弟兄,他这才死乞白赖地老是想自己缺少了什么。他有了美妻,他有了儿子一龙与女儿一凤,他有了大学上也就有了脱离农村户口当知识分子当干部的前程,所以他更痛惜,他越来越知道了他的缺少,人都是这样的,人们惦记着的是他们的没有,而不是他们的已有。他应该恋过爱,可终于确定了是没有;他羡慕旁人与恋人、与配偶通电话的经验,甜言蜜语也罢,嘤嘤呶呶也罢,可是他没有,他从未接到过或打给过甜美电话,他们家没有电话,甜美没有可能到乡镇上花一大笔钱给他电话,他更没有给甜美写过与收到过甜美的情书情诗;她没有对他说过一句情语,没有向他挤过一次眼睛,哪怕是向他努一努嘴。她没有向他要求过抚爱与温存。一个人,只有等到他得到了又得到了,你才知道你有多少本该有的更幸福,其实没有得到,尤其痛苦与遗憾的是,并不知道自己没有得到。看到听到老师给爱人与"对象"通电话时那副亲密或者高度随意自得的样子,他羡呆了。

而且他没有得到甜美的笑容。奇怪的是甜美很少笑,即使笑,也尽量不出声,她笑的时候常常弯下腰来,她笑的时候甚至把嘴捂住。她是在忌讳什么吗?

学而后知不足,得而后知未得,至少是领了工资后才知道自己相当穷,提了干以后才知道自己职阶的低微。这就是人,这就是人性。

再两年后,一九六五年,他高校毕业分配到了一个遥远的边市Z城,做边事译员。赵光彩则到了沿海大都市,而且,据说光彩光彩地与一个高级干部的女儿结了婚。大学一毕业他就担任了那个大城市的团委副书记,转眼正职了。

而大成想着的是诗歌与小说,他左写右写,写了很多。他知道他已经小有声名,走过某一个角落,会吸引一点眼球。似乎有女生背后戳他的脊梁骨,依稀听见有人说起他的获奖作文,也说起他的《笑的风》，偶尔听到有人说他在上高中的时候受到了"劝诫"。他最最不想听的却是人们言说他的"结婚""老婆""孩子"，还有"文盲"二字。其实白甜美不是文盲，学历是完小毕业，实际上，他感觉她具有初中毕业水准。不明白，为什么不论是在中学、大学，还是在Z城，所有与他接触过的育龄女性，都在揭他的底呢？不可能都对他有兴趣，都关心他的婚恋。他并没有那么大的魅力，他的早婚不至于引起那么多关注。他有点不安，有点没面子，他感觉到的是生理上的不舒服。想起了他被虚报年龄，爬到了一个白花花的女子身上，从而受到某些对他有兴趣的女子的怜悯与嘲笑——他质问自己到底算什么？尽孝？被包办？性欲？自欺？命运？生活？他想起了农村的男童，常常被大男大女拨拉着小鸡鸡取乐儿，男童的小鸡鸡难道是公器即公众的小玩具吗？算了吧，又有谁谁是真正主宰了自己的小鸡鸡了呢？

他仍然不断地咀嚼着自己婚事的记忆与感觉。有过窝囊、反感、绝望，有过好奇、开眼、适宜，有过兔子的惊惧与活泼，小鹿的奔跑与天真烂漫，豁出去了的羞耻与勇敢，没有自主自由自信的自责与谢天地谢父母谢男身的嘚瑟，有令人窒息的负罪感与过关斩将的快意岂不快哉！他有过被侮辱却又被引诱的折磨，挑逗却又揉搓，一个俨然陌生的、更可怜也更可怕的女人的折磨与享受感。结婚绝对是男儿的一大享受一大忽悠，与上了天一样，与打秋千一样，与骑牛骑驴挖沟扶犁还有大面积漫灌一样，与中了彩头一样。他终于承认自己迷上了甜美，陷入了甜美，塌陷了自身，融化了自身，满意了自身，完整了也缺陷了自己，他的心流淌着糖汁也流出了血。

尤其是当他读到巴金的"激流三部曲"《家》《春》《秋》，读徐志摩，读李商隐、柳永，哪怕是读张恨水、秦瘦鸥与周瘦鹃，更下一层楼的刘云若、耿小的，然后是外国的雪莱与拜伦，梅里美与屠格涅夫，他也会自惭形秽地感觉锐痛。他感觉干脆是已经奄奄一息、已经所余无几的中国老封建往他身体里、胸腹里塞入了一块块球状的毒瘤，毒瘤越长越大，他想呕吐，却又什么也吐不出来，他想做外科手术，却又不知道从哪里下手术刀,他他他,他恨极生悲,悲极生赖,赖极……只能耍出一种以歪就歪的姿态,接受乃至于欣赏自己的全然另类风景。

我的爱情、婚姻是什么呢?无爱情,反爱情,却绝非全无震撼与感动。无情也还有命,有身有命就有爱,就有愿望有做强有酣畅有拼搏有舒心又有太多的遗憾与痛惜。

他又不太想说自己有什么不好。他也不相信爹妈不管了、媒人失业了、恋爱所谓自由了,男男女女就一准得到幸福。许多年后,他读过王蒙的小说《活动变人形》,知道生活在"五四运动"氛围中的知识人,有的伟大,有的渺小,有的高调,有的乱七八糟,有的追求新生活新文化,有的更加无奈、无赖地万分痛苦,叫做武大郎盘杠子——上下够不着,叫做旧的崩溃了新的又建立不起来,看看给自己剩的,残砖碎瓦,一片废墟,而当真来了新的、冠冕堂皇的自由自主爱情恋情,仍然不伦不类,一切都不配套,一切都未打理好准备好,结果是歪七扭八,捉襟见肘——谁难受谁知道。他悟到,与包办相比,自由恋爱说起来是绝对地美妙,但是,以自由度为分母、以爱情热度为分子的幸福指数,到底比以包办度为分母、以"家齐"(即治理与规范)度为分子的幸福指数高出多少,则是另一道因人而异的算术题,只能答"天知道"。新文化与自由恋爱主义者必须有如下决心:幸福不幸福都要自由的爱情,即使你为自由的爱情陷入泥淖火坑,也不向封建包办丧失人的主体性的瞎猫碰死耗子包办婚姻低头。这倒很像兹后政治运动中一个夸张的表态:"宁要社会主义的草,不要资本主义的苗。"那么他到底能不能说"宁要自由恋爱的狼狈与头破血流,不要封建包办的尚好与亲热踏实"呢?

甜美有一双大眼睛,北方农村,这样大这样亮的眼睛一百个人当中也没有一个。她有高耸的鼻梁,白家人与其他人似乎有点不一样。白甜美确实显得洁白,躺在床上甜美是白花花一片,白莲花、白藕、白天鹅、白奶酪、白波浪与海滩,是白沙滩,不是黄金海岸。他为之晕眩,为之哭号。她学什么会什么,干什么像什么。她做饭、裁衣、绣花、针织、理家……她学会了并且创造了十一种织毛衣的花色模式品类,她学会了创造了超过十种的盐渍、酱腌、熏制、糖渍、发酵、沤制的食品,更不必提炉火上的煎、炒、烹、炸、烤、爆、涮、炖、熬、煲。她为儿女还做成过玩具,有泥捏的双头小猴,有点上蜡可以旋转的走马灯,有将口哨安装在屁股上的小老虎,有可以在天上飞翔一分钟的竹蜻蜓。她是手工之神啊,她是女红之王,她来到这个世界上,来到白土中农家,终于又来到傅贫农家,就是为了劳动,如马克思所主张的,劳动本是乐生而不是求生的第一需要。她实际上是君临于傅家。在"大跃进"的高潮结束,她自己也生完了小女儿后的一九六三年,她获得了县城服装厂的工作,很快,挣计件工资的她,有了傲人的收入。

只有一点始终使大成不解,甚至使大成感受压抑与畏惧,甜美的话太少太少。做家务活的时候她不说话,一起吃饭甚至共饮两杯小酒的时候她不说话,虽然她能喝一点。两口子上炕如此这般,她不说话,她基本上不出声,或者只出一点点压着挤着捂得严严实实的喘气声音,使大成想起深秋时分从窗户缝里挤进来的一股凉气。

有时候他看到甜美脸上的愁容,她怎么会那么喜欢皱眉?双眉的死结破坏了她的美貌,像是鲜美的才出炉的热包子上落上一只苍蝇。他怎么问甜美也不承认自己有什么愁烦,没有哇,没事儿啊,不知道哇。少言的她,给大成机会,让大成说了又说,终于感到了话语的无能与无趣。甜美的"耐话性",你说一百句话她不言声,令大成急躁、不解、惊惧,最后心服口服。大成开始分析琢磨,想象猜测。他想起了一件怪事,他家有一只老猫,在他与甜美成婚后的第三天晚上,他们与父母一起吃饭时候,大成清清楚楚看到老猫追捕一只小老鼠,小老鼠居然从猫爪近旁跑掉了,从理论与经验上说猫的出现会使鼠儿如中电般全身麻痹,绝对不可能逃脱于猫爪的势力范围。他没有注意甜美是不是看到了老猫英雄气短、难耐天磨的悲催,那个时候他不好意思当着父母的面看甜美。但是后来他可能不止一次地听到过甜美的呓语:"猫,猫,猫儿哪……"

还有一次是一九六五年他大学毕业那年回家过年,大年初一,一只老鸹飞到大成家的大槐树上,老鸹的叫声令甜美一天面色阴沉,而且,最严重也最不靠谱的是,大成夜间听到了老婆口腔里发出了模仿老鸹的叫声,"啊哇、啊哇、哇啊、哇啊",他吓坏了,他醒了。晨曦微光中,他似乎看到了妻子的愁容,应该说是病痛之容。但是,到底她是不是刚刚发出了仿生于老鸹的叫声呢?为什么睡得死死的她脸上呈现的不是宁馨,不是懒散松弛,却是某种紧张与痛苦呢?他没有能力辨别了,或者更加可能的是,甜美没有发愁更没有发声,是他这个即将参加工作的小丈夫幻想自己,被大而且白皙皙的媳妇挤对得做起了噩梦。

他与甜又美,有恶兆吗?

白甜美的眼睛与鼻子,是不是有中华北方少数民族的特点?想当初大成从来没有思忖过。那时他又是躲避又是好奇终于沉迷于这陌生的大眼睛与高鼻子,他感觉到一种莫名的粉碎性的改制改戏改身。他突然就结束了男孩子、小伙子、学生童子身的身份、独立与自由,而武侠小说上对童子身的严防死守,是极其重视的。

又过了差不多九个月以后,与女子怀胎的时间接近,他忽然为这眼与鼻所震撼,所刺激,所击倒。后来才知道,教授学者作家记者们有一个匈奴遗民的说法,说他们家乡这一省有匈奴后裔,甚至一度变成了此区此地的一个品牌与一个骄傲。有个男人肩宽而且腰板倍儿直,有个老者头发弯曲而且褐黄,有个画匠胡须蓬勃兴旺,有个女子大波与后臀浑圆,有个青年眼珠灰蓝,有个运动员个子两米一,都被群众辨析为匈奴后人,也许是单于嫡系,也许还是其后北方阿尔泰语系游牧为生的鲜卑、羯、氐、羌、回纥、高车、契丹、宋、辽、周、女真、金、蒙古、满等赫赫有名的族群的后人。从学者那里,从村民那里,从小说诗歌的乡愁里面,流露出了一些对于"固一世之雄也,而今安在哉"的族群名称的思古之幽情。遐想连篇,旧梦如歌,大成甚至起意要写几百行长诗,痛写山河壮丽、男女强壮、虎豹勇猛、草木遮天、历史悠悠、文化灿灿、日月光华、旦复旦兮、日月阴晦、复昭昭兮……他感觉到,白甜美身上,有一种非同寻常的力量和风景,他绝对不能小觑。

第三章 暖和的小家家

大成在上百公里外的边地 Z 城工作，而把妻儿撂在了家乡。二十世纪六十年代，许多城市严格控制人口，遣返几类人员与"分子"，谢绝家眷，尤其是女眷属；女方是农业人口户籍的家庭，孩子一律跟着娘，不可以去闹城市户口吃皇粮。倒是 Z 城这种边远地区，比较好说话，如果男子出息一点，有个一技之长，有个一官半职，有个领导关照，有个人缘好评，可乎，未闻可也，不可乎，或仍可也。有本事的职工，他们将过上比翼双飞、夜不独宿的小日子。他们接来妻子儿女，享受天伦之乐。大成来到从内地接来了家眷的同事家中，看到人家床底下的一双娇小女鞋，看到地上孩子玩的玩具汽车，看到衣架上挂着的一件鲜彩纱巾，他会油然产生出甜蜜与艳羡之情。

但是大成一开头，曾经想让甜美断了到 Z 城与他团聚之念，真的。他一上大学，发现学外语的女生数量比例略略超过了男生。一组组、一群群如花似玉、莺声燕语、欢笑芳菲、灵秀天机的女生，甚至使他想让甜美断了此生与他团聚一地的妄念。"休"了白氏，再娶个大学女生，他没想过。与文化精神水准大体持平的女生女同事们在一起的时候，不让她们看到自己的乡村大媳妇，他确实是这样想的。就是说他在理论上、司法上、户口本上承认自己已婚、有配偶的事实，但生活中不想剧透自己的婚姻与家庭生活痕迹。

工作以后，他写信给甜美说，来 Z 城报不上户口，即使报上户口也没有房子住。他有一种说不出的心情，他不愿意更没有勇气承认这种心情。到一个新的地方,以一个大学毕业生的身份报到,身后带着大媳妇外加儿子女儿,他抬不起头来……须知与他一起高喊着"到边疆去、到艰苦的地方去、到祖国最需要的地方去"的高校毕业生,还都是未婚男女。

而且是在密云欲雨的一九六五年,是一九一九年五四运动后四十六年,是巴金血泪控诉封建包办婚姻的长篇小说《家》发表三十四年,是中华人民共和国成立后的第十七年,他却是一个背着封建包办婚姻包袱的可怜虫。如果说宣统二年(一九一〇年)阉割做了太监的人可笑可怜到了极点的话,那么他的命运就更加不可思议:中华人民共和国成立已经十年,他被父母虚报年龄,被包办了婚姻被终止了青春最大的好奇与美妙——尝试爱情。一个妇人给他生了两个孩子,他却根本不想与他们共同过日子,大成想到这一点又觉得自己对不起妻子更对不起孩子,自己如同森林里一头迷了路的傻骆驼熊。但同时,只要不从近现代史与新文化运动的角度去反思自己的婚姻,只要忘掉五四、鲁迅、巴金,只要想到孩子,做了父亲的傅大成又同时是泪如雨下。婴儿啼哭的声音使乳臭未干的爸爸肝肠寸断。幼小的孩子都那么俊美,那么聪明,那么天使,想起从六一年上大学就安下的与妻子儿女异地分居的冷酷阴森之心,他自己先认定自己是有罪的。

想到媳妇呢?他简直就丢掉了魂儿,白、甜、美、大、温暖、柔软、体贴,却又是被强加、羞耻、多余、拿不出手。这算什么事儿呢?

大成到了Z城四年多,用各种借口过大年也不回家,他甚至从而被提名假期坚守岗位的先进工作者。一九六九年,父母让孙子小龙代笔,发信警告大成,如果他过年再不回家,全家五口打算到Z城找亲人,没地方住就冻死街头。

大成这才首次从Z城回乡探亲。终于亲耳听到了八岁儿子满口别字,把探照灯读成深照灯,把别墅读作别野,把邀请读作激请,把冤家一会儿读作兔家、一会儿读成免家,把拔刀相助读作拔力相助,把万夫不当之勇读成万夫不当之男。儿子小龙，堪称别字集了大成，上了高峰。但是大成立即从儿子的别字累累中发现了孩子的书缘天分。

儿子叫小龙，女儿叫小凤，上学后学名叫阿龙与阿凤。小龙的错字连篇说明了他的读书癖好，不问认字，但求读书。他给爸爸结结巴巴地讲《烈火金刚》与《野火春风斗古城》，背诵《唐诗三百首》与《卖火柴的小女孩》，后者本来是人民教育出版社六年级语文教科书中的一篇，小龙却在刚上三年级时就背诵下了这个催人泪下的童话，尤其是它的最后一段，他背诵得声泪俱下。大成想到，自己的对于文学的迷恋、自己的作家诗人梦，说不定要与他的下一代联手实现，如苏洵与苏轼、晏殊与晏几道，还有大仲马跟小仲马。

更奇特的是在大成回家探亲三天以后，小龙突然出口成章，欢迎老子。他在晚饭后早早躺到床上，给全家人念道：

爸爸回家了，
爸爸给我穿棉袄，
爸爸叫我小宝宝，
爸爸夸我功课好。
妈妈妈妈真是好，
妈妈给我煮小枣，
妈妈叫我大宝宝，
妹妹才是小宝宝。
妹妹一点也不闹，
妹妹功课真叫好。

大成大惊，天衣无缝，无懈可击，小龙是太惊人了。尤其是"穿棉袄"三字，其实是妈妈给穿的，并非实有事件，那么就是说，小龙在八岁时已经具有了文学虚构、诗歌虚构、情节虚构与挪用的能力。三十年以后，回想起阿龙的这首童谣"创作"，他甚至于想说，冲这一点可以判定儿子比张爱玲的文学素质强一些。这样的孩子只能说是天才,他认定,但是他不能说,他认为这样说是不吉利的,可能是对于天地人三才的一个冒犯。他还是悄悄地对甜美说了。甜美眉头紧蹙,说"原来是这样的",说"不能让他小小年纪就累坏了自己",说"农家出这样的孩子我受不起"。大成为甜美的开言而庆幸,又为她的其实是从大成这儿才刚逗入的陈腐观念,感到些许不安。

小凤只比哥哥小一岁半。她听了小龙背诵《卖火柴的小女孩》的一段话:小女孩只好赤着脚走,一双小脚冻得红一块青一块的。她的旧围裙里兜着许多火柴,手里还拿着一把。这一整天,谁也没买过她一根火柴,谁也没给过她一个钱。这时小凤受不了啦,她突然喊了几声:"让她暖和一下!""暖和一下!""暖和暖和她!"在家乡,人们说暖和时候的发音是"攮活",最后一个活字读轻声的话,更像是说成"攮曤"或者"攮花"。小凤在首次分别以后见到爸爸,又多次听到哥哥朗诵一个小女孩儿不怎么"攮花",她颇动感情地加上了自己的评点,提出了让卖火柴的小女孩"攮花"起来的带有社会革命气息与被压迫被剥削阶级求翻身感情的口号,她重复了几次"攮花"的发音,爸爸跟随喊口号一样地举起右手,应和了"攮花她"的诉求,接着是成功地哈哈大笑。爸爸甚至判断小闺女可以算是一个天生的人道主义——共产主义者。然后小凤忽然银铃般地跟随着笑了起来,像是一阵清风,像是一串铃铛,像是枝头小鸟,像是一缕山泉。大成一下子定在了那里。

大成想,原来,十年一觉春风梦,留得童儿雏凤声:一切美好都不会仅仅是记忆,一切记忆都会永远与人心同在,人在记忆在,记忆就是人,人与人不一样,因为他们的记忆各不相同。与逝者如斯夫,不舍昼夜同步的,是新的生命正在萌发,生命永远鲜活纯美,笑声随风淡淡飘出飘浮,而后,新的笑声多半会无待而自来。笑不待风而自御,笑不待诗人而自然成诗。道法自然,诗发自然,笑当然最自然。

这一次大成看到了甜美的似笑非笑,甜美的笑也是迷人的,似有似无之间,那不就是甜美媳妇子吗?大成几乎流出了眼泪。又过了两个多钟头,甜美忽然说:"知道你疼孩子,我放心啦。今年夏天,一入伏,我带着孩子去Z城与你团圆。你太苦了,为什么……"

甜美的话掷地有声,她把大成吓住了,大成似乎无处可逃。大成说:"爹娘……还有爹娘啊。再说,到了Z城咱们住……在哪里?"

回应大成的是甜美的坚强的扬头,还有一声冷笑,还有她看着夫君的审视的眼光。大成心虚,不敢抬头,不敢与媳妇对视。

大成完全找不到对媳妇的初始化格式化感觉了。在Z城,他居然躲避了媳妇四年,视媳妇为耻为心病,同时又不是没有做过与甜美同房的春梦。四年后被父母催逼回来,他又顺理成章地搂抱了要了甜美,并为与甜美得到的儿女而福暖情热泪眼婆娑。

疼孩子就行,大成熟悉家乡的这一条家庭伦理黄金定则,这一条长久以来的中华女子的道德自律,家乡人都相信这个铁的逻辑:一男一女,两口子,好也罢,赖也罢,漂亮也罢,丑八怪也罢,同了房啦,孩子生养出来了,还能怎么个下贱腻糊赖皮呢?什么不兴说的都说了,什么与别人绝对做不出来也不能让你做出来的勾当都做了,还有什么可说?还有什么可做?你还能想嘛呢?没有爹或者没有娘,孩子遭什么罪,鱼鳖村的人能够不明白吗?疼孩子就是疼孩子他娘,谁不明白呢?女人疼孩子就是疼孩子他爹……疼定了孩子能不规矩吗?真疼了孩子能不顾家吗?刻骨铭心地疼爱孩子的男人与女人能同时成为奸夫、淫妇、恶人、乱民、匪类、坏种、酒鬼、赌徒、懒蛋吗?尤其是对于媳妇家来说,除了要求丈夫疼孩子,还能要求别个吗?疼孩子就是齐家,疼孩子就是疼你,疼孩子就是忠心义胆,疼孩子就是良缘好命,福星高照,再说别的,那除非他是西门庆、陈世美、《三侠五义》中的采花淫贼花蝴蝶,而她是潘金莲、阎婆惜、潘巧云啊!

然后回到工作地点Z城,躲完了冷完了自己家属的他,只能是千方百计、九牛二虎地去盼家眷、迎家眷、接家眷。他自己说服不了自己、决定不了自己,也知道不了自己。他到底要什么?

大成回Z城后找了领导,一次不行就再一次,一个人不行就再找一个人,政治运动中原来的领导说话不管用了,就找革命委员会和工宣队。他感动着,每天都温习阿龙与安徒生、小女孩与一包又一包的火柴,呵,冬天冻死的是哥本哈根的那个女孩,而一龙一凤其实生活得很幸福。他到百货店为阿龙买了一件棉袄,他的感觉是自己成了财主,然而他还没给儿子穿过,欠着儿子许多"攥花"。他出身好,他是革命群众,他不是走资本主义道路的当权派,他的老婆也是辛苦勤劳的劳动者,她每天至少劳动十五个小时,她家庭是上中农,不是富农更不是地主。政治运动如火如荼,高亢入云,使大成渐渐意识到他与白甜美的婚配是一件好事,他想,他与白甜美的婚配里可能缺失缺席了《罗密欧与朱丽叶》《牡丹亭》《安娜·卡列尼娜》;当然也缺了待月西厢下,迎风户半开。拂墙花影动,疑是玉人来;缺少了小夜曲、夜莺、玫瑰与中国式私情的表征:一只玉镯或者一绺青丝……没有爱情?别样的爱?有乡村火炕上的"攥花",仍然有孩子——星星、圣灵、安琪儿、天使,更有别处家少有的安宁。找不到现代爱情的地方怀抱了天使,找不到安徒生的生活里出现了实实在在的"攥花"。他为自己的这个想法想出的这句话热泪盈眶,他还在想象中听到了应有的热烈反应掌声如雷,他也庆幸自己没有遭遇《白蛇传》。白蛇白素贞也姓白,不知为什么一提到《白蛇传》他就想起媳妇甜美,而他不需要同时对付法海和尚与小青义士或义妹,更不必担心哪天喝口酒,媳妇变成一条白花花的大蟒。不是每一个相貌平常、身材一般、雄风略逊的中国男人都能娶上白花花的女子、美丽的女子、健壮的女子与能干的女子。无论如何,白甜美热乎乎、紧绷绷、软绵绵,而且筋道光滑圆浑细软。白甜美的笑声将由小凤来弥补,白甜美的文墨将由小龙来拔高,天道有常,常与善人,阴阳和谐,乾坤相润,相生相慰相补。大成不是高觉民,谈不上高觉新,白甜美也不是琴表姐,更不是鸣凤,她比鸣凤幸福一百八十六倍。而他傅大成呢,用不着向往那位爷,这是指吸引了、焚烧毁灭了安娜·卡列尼娜的渥伦斯基伯爵,更不会羡慕因为一次酒后的性侵后果而忏悔终生的聂赫留朵夫,当然,他不是卖油郎子,白甜美也不是花魁娘子,同时毕竟他不是武大郎她也尤其不是潘金莲,不是也不必要是、不可能是西施也不是东施。那那那,他究竟在与什么较劲呢?

政治运动让他明白,他必须是、只能是、恰好是平民群众,光荣的名衔叫做革命群众傅大成。他媳妇已经是、当然是、绝对只是工人师傅白甜美。每个人只是他或她唯一的自己,这就叫安分,分安而后己守,己守而后心平,心平而后事端,事端而后祸远,祸远而后福寿沛然。

他必须感谢甜美。甜美的存在让他少年老成,沉静安分,不掺和造反有理与文斗武斗,还有什么大联合学习班,更不当造反派、保皇派组织的"勤务员""领路人"而终于成了"坏头头"。而在仕途上顶掉了他的赵光彩,听说在沿海城市被收拾得不亦乐乎啦,打聋了一只耳朵啦。他这个姓傅的,不是大小走资派,不是资产阶级权威,就连赵光彩他也够不着。他不操心,没受罪,有眼苍天。

……回想头几年,Z城这里他住的单身宿舍的男生出够了洋相,尤其是深夜赶上共同起床,在厕所里偶然打着哈欠碰头的时刻,他们爱说什么"翘然而起""跃跃欲试",他们念叨什么"观音菩萨",他们说什么"三十如狼四十如虎五十如金钱豹"……他当然必须有甜美,不论是不是一起唱过罗曼司咏叹调,是不是应答过情诗情话。不一定是"妹妹"嘛,《牡丹亭》里声声唤的都是"姐姐",也不用管什么文凭与学历,管什么来历与出处,更不要企图与什么古书洋书上的貂蝉与卡门、唐伯虎与唐璜攀比。此后,即使国人们同胞们开始更新观念、速度化脸面、表演三级跳,他仍然明确地认定,他上高中时,能在多大程度上摆脱生活与乡土、摆脱甜美大媳妇与父母之命、乡亲之论呢?

同事们看好他把妻儿接来的意愿,老领导并给他背诵老有所终,壮有所用,幼有所长,矜寡孤独废疾者皆有所养,男有分,女有归的

《礼记》大义。他们叹息:"古人的认知多么伟大,公母俩不在一堆,就是鳏寡孤独呀,就是残废和疾患,不平与不稳的渊薮呀!至少从周文王姬昌时期,公元前一一五二年至公元前一〇五六年,圣人就关怀阴阳乾坤之天道了。而杜鹃的叫声呢?在北方,人们都相信悦耳的春鸟啼鸣里,它们叫的是:'光棍儿好苦!'"

第四章　动荡年代的平安与幸福

　　就在甜美带着两个孩子准备出发投奔丈夫的时候,公公婆婆双双病倒不起,大成探亲后回Z城上班不到一个月,再次匆匆赶回滨海县鱼鳖村,为父母送终。父母都对儿子与媳妇做了谆谆叮嘱:"好好地过,你们俩在一起,这就对啦!"儿子与媳妇也都向老家儿做了最后的与坚决的保证:培育儿女,白头到老! 在大成向临终的父母保证与媳妇好好过的时候,儿子阿龙与闺女阿凤,懂事地看看父母,看看弥留的奶奶爷爷,不住地点头赞许期待盼望。

　　父母之间有某些问题,俩孩子自幼就看出来了,对孩子的这种觉察,大成也觉察出来了,其心有戚戚焉。

　　一九七〇年Z城员工工资按边疆八类地区标准,大成自己感觉工薪不少,此次送亲,本单位又补助一百二十块钱,但是父母无缘了。人间最大的仓促最大的懊悔是没有来得及尽孝。树欲静而风不止,子欲养而亲不待。孔子说什么都那么准确而且优美仁爱。大成忙于充当边境会晤译员,来回只用了四天,花了三个月的工资。他想起父母为他找的媳妇,与这名大媳妇共同生养的子女,一阵心酸,终于下决心与老婆孩子一起不离不弃,恩爱终生。想想父母,父母也是由父母的父母决定的婚配。全中国七亿人,一辈又一辈,不想想,你的爷爷的爷爷,你的曾祖的曾祖,占世界人口比例最大的中华民族七亿人,都是从哪里来的呢?

　　两个多月后甜美带着一龙一凤,坚决现身Z城,暂时住在大成办公室，车到山前必有路。又过了三个月，他们住进了每月只需要缴纳九角二分钱房租、两角多钱水费、七角多钱电费的两间共三十二平方米的平房里。贫贱夫妻百事哀，思来想去亦开怀，边城小户融融乐，攒花团圆甚幸哉！Z城不是农村，什么都要掏钱购买，Z城又不是地地道道的城市，没有城市的全覆盖商业设施与社会服务，什么都要自己跑自己找自己办。他们砌灶烧饭，他们挖窖藏贮，他们锯木钉凳，他们挂板置物，他们拉绳搭衣，他们养鸡取蛋，他们凭票排队购粮，他们凭票加上走后门购肉，在边远的Z城，有票无肉的事情也不罕见。他们自行车驮麻袋买西瓜，他们粉刷房室、四白落地，他们修建土暖气，自备小小锅炉……在白甜美眼中，一切废旧物资都是宝贝，一切辛苦都通向指向改善与享受生活……使大成觉得分外威风的是，他在同事的帮助下，在甜美的怂恿下，趁着大搞政治运动，原来的领导班子瘫痪，人们有了许多自由支配的时间，他自己建立了自行车装修车间，一套家伙什，拿龙、补带、正把、紧条，前叉子、座子、筐子、挡泥板、瓦圈、链子与自行车全身各个轴碗滚珠钢管，无不自力更生装修，于是飞鸽、永久、红旗、生产、凤凰直到英国的兰铃、凤头、菲利普，东德倒蹬闸的钻石牌，二六、二八，各种新老车辆纷纷光顾。其时其地，对于人民大众与绝大部分干部领导来说，自行车是主要交通工具，自行车被当地百姓称为"魔驴"，自行车在这里创造的纪录是一家四口，只凭一辆破车，即可驰骋数十到上百公里。以大成家为例，必要时，他或白甜美骑车，小龙或小凤坐在骑车人前面的车梁上，白甜美或他坐在后面货架子上，还搂抱着未上车梁的另一个孩子。而用永久加重车载货的最高纪录是二百七十公斤，分别装在两个麻袋里，两只麻袋口扎在一起，放在后货架上，麻袋向两侧下垂，重心下降，骑起来更是异常安稳，欲跌不跌，欲翻倒更不会翻倒。同时，这里由于路况恶劣，又由于自行车承担了过重的任务，车三天一小毛病，五天一大扭曲，前一天内胎放炮，后一天前叉子裂纹，再过一个月就会断轴断根断条断筋。对于堂堂发表过诗歌小小说通讯报告的傅大成作家来说,水来土掩,兵来将挡,他是越来越拿得起来,越动手越纯熟老到,越干越入港起兴来劲儿,他敢向全城自行车修理师傅叫板。他不但修自己的车,还经常免费为同事为朋友为各派领导代劳,更显得大气与大义慷慨,助人为乐。古人叫做仗义疏财,现时到了大成这里,至少是大义疏修车工技,直至部分自行车零件。仅此一端,也大大优化了傅大成同志的群众反映、公共关系、民间舆论。本单位大联合委员会将傅大成定为积极分子,让他宣讲通过学毛著学雷锋提高认识为大家修车的事迹与体会。本单位的职工说起傅同志来,无不赞扬:"那可是我们那儿的香饽饽!"

想当初,一九六六年,政治运动开始,才到Z城供职的傅大成,由于写过资产阶级、小资产阶级文艺作品,被斥为放毒若干若干,不免有些晦气。后来由于他自学成才,在修自行车上有卓越成就贡献,大大改善了一切的一切,不忘贫下中农之本,靠拢工人阶级弟兄,密切与各方的关系。家有图书腹有诗书万卷,不如红尘俗艺随身,他就是"劳动创造世界"这一历史唯物主义根本原理的样板与形象代言人。同样在政治运动中学会木匠活打家具,学会烹调做菜肴,学会无线电家电做单管收音机,学会泥水活盖小房,学会电工管儿工油漆工的知识分子即知识分子劳动化,那个年代也颇有一批。时势造英雄,不同的时势自然打造不同的英雄,大潮涌动,古今皆然。

白甜美到后过了一段时期,渐渐也在Z城名噪一时,技艺加热心有超过夫君的势头。她的到来全面扭转了大成的生活与形象,大成的所有衣装都经过她的整理整顿修复修补与美化合身化。大成所有的袜子都配对成双,而此前他常常是一长一短、一厚一薄、一新一旧、一褐一蓝。劝君莫惜金缕袜,劝君应惜少年时。双袜圆满直须穿,莫待失一苦寻一。大成的头发也时时得到甜美梳理,清洁与英俊程度显著提高。侬喜小丫青丝长,俺疼夫君头发强,常进发(型)馆无资本,一把木梳便堂皇。发密发黑观茂盛,人精人壮好担纲。拢梳桃质充暗号,革命红灯万年长!虽然Z城一时澡堂停业,洗浴无着,大成上班时仍然眉清目秀,耳朵梢与脖子前后,都是一尘不染、一皴不沾,健康洁净多英俊,未浴却似出浴时。也许没有增加多少新衣,但是大成的头发、眼角、手背、手心、衣领、袖口、纽扣、下摆、裤腿、腰带,包括他人无从看到分享的他的肚脐眼儿,都出现了更多的齐齐洁净、奕奕精神、爽爽风光。

而更重要的是白甜美的炊艺。在农村高堂在上时,那十一年间白甜美韬光养晦、不露声色、粗茶淡饭、省吃俭用、糊口即可。来到Z城,大成月月现钱工薪,甜美带来自己的劳动工资积蓄,巨款六千三百七十多元,对于大成来说可算惊心动魄。甜美天生巧手,无师自通,过眼便明,闻味知艺,见形得法,略尝便觉有了,于是民以食为意,谱系加程序,得失寸心知,深贮待用时。大成见状,赶紧跑新华书店购买一本《中华名菜谱》,一本《大众食堂菜谱》,既博大精深,又经吃好做实用,令甜美开心不已。在供应匮乏、缺东少西的日子里,白甜美因势利导,拆东补西,就地取材,足智多谋,像变戏法一样地上抓下挠、左夹右攥,菜肴得失不由天,全在女人悟性间。家常便饭即是美味佳肴,信手屈伸就是朵颐口福。她利用自己一时还没有找到班上的自由空闲,经常催促大成邀约同事友人促膝谈心,小吃大菜、冷盘热炒、鲁川东北、土酒散装、白干花雕,甚至他们的饭桌上出现过油炸花生米与龙虾片。她做的炸丸子汆丸子熘丸子,她做的炒肉片熘肉片、鱼香肉丝粉蒸肉梅菜扣肉腐乳肉,她做的更实惠的白菜白肉粉丝豆腐豆皮腐竹,她做的干菜馅酸菜馅鲜菜馅小豆馅芸豆馅包子饺子馅饼馄饨,她做的疙瘩汤手擀面酸揪片手扯面爆腌咸菜,都令人啧啧赞不绝口。

尤其惊人的是,甜美无师自通,学会了自己做肉松。那时凭票购肉,问题是在Z城,肉铺多是空空如也,有票也常无肉。这天晚上,他们自一四川"黑"肉贩处购得四指膘肉二十一市斤,炖制好后,为防止腐化变质天天回锅加热,五天后只剩半锅油汤与碎屑。甜美自作主张,干汤水,放进一些面粉吸油,再放少量古巴黄白砂糖,有时还放橘皮陈皮玫瑰酱桂花,炒来翻去,竟成结晶式小粒肉松,质量色泽与新鲜度均远胜食品店的货色。推广延伸,牛羊鸡鱼肉松也开始了出品,这些肉的脂肪,没有猪肉的多,便少放或不放谷粉,可以做出软纤维型牛羊鸡鱼肉松。她掌握了技巧,客人们尝过,更是赞不绝口。

都说是甜美在家,福满大成。后来的说法发展为,甜美来Z城,是Z城各路人民的幸福,天官赐福,无米也炊,无酒亦欢,无肉也足实中意。越是艰难时刻越是食欲大开,越开越珍惜口腹美意、朋友真情、人生温暖。大成甜美也就越是会想出一切办法结交火车汽车司机乘务人员与门市部日杂店售货员还有一些单位的秘书长副秘书长正副科股长科股员,在家靠父母,出门靠朋友,在家靠娘,出门靠墙,众人拾柴火焰高,他们从各路友朋豪杰哥们儿处果然得到了鼎力支援,食材佐料,得不到急需的也能得到代用品。你帮我一尺,我帮你一丈,你帮我一两,我帮你十斤。在Z城,至少上六十户人家说起吃饭自觉欠大成甜美的情;说起交往,自觉判定交友要交大成甜美这样的友,做人要做甜美大成这样的人。人喜人,必助人;人帮人,爱死人;人与人,共美味,共美意,幸福你我其他人!

美食是动物生命生活的第一要素,中华文化,以食为天,人的因素第一,吃的元素居人的因素之首。爱怨情仇,沉浮进退,人心向背,兴衰成败,前提离不开为人民搞饭吃饱,我党我军从井冈山时期就注意办好伙食,改善生活。一顿好饭下来,世界观都有正面的调整,饭菜汤粥,无不蕴藏着正能量。媳妇是男子奔小康的必需,美食是夫妻恩爱的重要依据——压舱石,美食是计划和想象、愿望与动机、志气与胸怀的初始化。美食是人类对于自然与劳动,进步与文明的第一推动,第一尝试,第一感恩与第一认知印象。在一个并不理想的时期,在一个并不充足的年代,在一个不太摸得着天意天机、不太看得见明天后日、不太找得着感觉手柄、不太踩得实路面凹凸的时刻,幸福的贫下中农出身译员兼青年作家兼修自行车能工巧匠傅大成师傅,幸福的家政能手与胜任一切适合女性劳动的万能技师白甜美师傅，他们是真正的成功者，他们是能干的老百姓，他们是惊涛骇浪里的安稳的两条小鱼。他们在匮乏的年代提供很好的餐饮，在寂寞的日子吸引了很多宾客，除了菜肴，他们给朋友们提供各式帮助：升学、就业、参军、发表文学匕首与投枪——三句半与快板，还有报户口、申请补助、财务报销、分房子、请事假、抓阄买电视机与上海锰钢凤凰牌自行车，他们都能帮忙，成功率达百分之四十九。当然他们也源源不绝地接受着好友们的主副食、票证、各种人物的关照与温暖恩宠。在那个时候，他们做到了广交贤士，四通八达，团结互助，互通有无，互补亟需，以友谊纾解艰窘，以联手改善日常生活。

本地的一位老夫子、著名国画家与金石家范白石，在他们家用餐后题写五言律诗相赠：慷慨居边远，风云乐腹肠。逍遥和五味，醴醪醉三江。秀质多甜韵，高情自彩光。食鱼夸尽善，大美赞贤良！他解释说，后四句都是称颂贤内助白女士的。

而在确定了工作岗位以后，甜美上了一天服装师的班，回家后仍然千方百计却又轻松自然地为大成与孩子们准备餐食。大成爱吃面条，爱吃芝麻酱，爱吃连骨肉，爱吃烤得色泽金黄的面食，甜美极少在做饭前征询吃饭人的意见，因为那不是一个消费者主导消费的时期，人们只能因材执炊，只能因应现实，但甜美还是显示了细心关注，使大成最大限度地满足了初级口腹意愿。有一个周日一位朋友居然带了一瓶出自生产建设兵团第四师肖尔布拉克七十二团的伊犁大曲前来造访。而家里恰恰无有什么存货略可佐酒，在傅大成狼狈不堪之际，甜美找出一根剩油条，一根大葱，半个萝卜，一块姜，还有一截酱腌乳黄瓜，居然还有一个鸡蛋松花，白氏土造，三切两拌，撒盐滴油，十分钟后，二人小坐小饮，其乐融融，其味幽幽，其情暖暖，其意绵绵。甜哉美哉，这样的甘甜美丽的贤妻你打上灯笼哪里找去？

……也许将来这会成为一个科研课题，以加温与高调、拧紧与加速、全民与举国为特点的二十世纪一九六六年到一九七六年的中国，为什么出现了逍遥派，出现了那么多自由与任意、靠边站的不甘与靠边后的轻松如意，还普遍有了度假感娱乐感自主感，出现了那么多休假与旅行，发行了那么多菜谱，生育了那么多孩子，玩了那么多麻将与争上游，发明了用钻桌子、喝凉水、戴纸糊的高帽子来惩罚调笑连贯三把不和的麻将手儿。戴上那样的游戏纸帽子，才懂得了什么叫"假如生活欺骗了你"，更准确地说叫"假如你把生活欺骗了呢"！因为戴高帽子本来是大革命时期整饬地主富农的，四十年后成了运动中整"走资派"的利器了，一年后纸帽子就麻将化、争上游化（扑克牌化）、解构化、滑稽化了，中国人民的顺水推舟的智慧哪个能比呢？究竟是谁欺骗得了谁呢？

　　不须好好上班的职工学了那么多手艺，打了那么多大衣柜，养了那么多海马与红茶菌，挽救了那么多玻璃器皿厂，培养了那么多音乐家、小提琴手、手风琴手、二胡、笛子、唢呐手与萨克风手、歌手，还出来了呜儿哇儿喊叫的朗诵手与节目主持人，兴起了那么多健身奇术——从甩手到喝晨尿，从劈叉到燕儿飞与抻筋，有些招式后来与渐渐盛行的瑜伽对接，居然相向而行，浑然一体。这个时期民间还普及了那么多占卜秘方——码火柴棍与拴上铅笔头让它摆动，流传了那么多手抄小说——《握手》《梅花党》《李宗仁夫人郭德洁》，探了那么多次亲，夫妻恩爱屡上高潮，增加了那么多人口红利，举行了那么多家宴寻欢作乐——今朝有酒今朝醉，劝君一杯复一杯。也正是这一段岁月，受过五四新文化运动熏陶，小小贫农子弟作家及Z城著名自行车修理师傅大成，曾经为之痛心疾首的他与白甜美的婚姻，变得亲切安详，如鱼得水，如虾得泥，如胶似漆，遍体舒泰。对了，遥想当年，乡亲们祝贺的人生奇趣盛况愿景，梦想成真，做到了百分之九十的落实率。

　　留下了百分之十的不稳定因素，现时露头的是：他们的两个可爱的孩子，与两年多前父亲探亲时见到他们的时候相比，他们的锋芒，小龙的天才与嗜书，小凤的笑声与趣味，他们的安琪儿气息，都似乎有所衰减，他们的一切都在往平衡、平稳、平实、非浪漫、非温情方面转化,而这,大成判断是受儿他娘的影响。儿他娘要的是平常普通,不喜欢个性、特色,更休说创造与神奇。

　　但来到 Z 城,一龙一凤仍然是崭露头角,儿子十一岁已经将《毛泽东语录》倒背如流,女儿十岁成了"红小兵宣传队"成员,唱样板戏听罢奶奶说红灯,话语不多道理深的歌手。同时这平实平稳平衡的三平,又有一种提升,有一种哲学,有一种传统文化,在"破四旧"的高潮后复活了历史古色古香的余韵。这个"平"字写起来,极其动人,尤其是那最后贯穿与持中的一竖,每逢写这一竖的时候,大成觉得是那样地雄伟与潇洒,自由与胜算,平字的含义也令大成心服口服,五体投地。它们有多么正派,多么质朴,多么幸运,多么中华！人是人罢了,媳妇是媳妇罢了,儿女是儿女罢了,作家是作家罢了,自行车是自行车罢了。平平平平仄,仄仄仄完了您不是还得平平平平平！儿女是儿女罢了,爹娘是爹娘罢了,百姓是百姓罢了,而最根本的,媳妇是俺己个儿的媳妇,谁也换不走。平就是正名,平就是实事求是,平就是有一说一。天下本无事,浑人自扰之,坏蛋自扰之,浑浑浑浑浑,坏坏坏坏,倒也还不能说是太坏,而后平平平平平,他们平安幸福地度过了动荡的年代！

第五章　啊！北京

　　谢天谢地，乱乱哄哄风风火火中他们生活得平安。然后三十八岁、一九七八年岁末，他们赶上了党的十一届三中全会，邓小平道：改革开放是又一次革命。从此改革开放与发展建设疾风含笑，春潮澎湃，富民富国，仰天长啸。在拨乱反正的大历史关头，大成顺便改正了自己的年龄，去掉了虚报的两岁，他理直气壮地宣布自己的人生从一九四〇年开始。

　　一九七八年年底他在Z城的文学刊物上发表了一诗一小说，诗写的是远风吹来女孩们的笑声，笑声给了憧憬，给了希望，更给了难忘。难忘本身已经是意义和价值，是生活的内容与怀想的安慰。年华转瞬即逝，难忘的青春却永远陪伴于你，憧憬和希望终究会克服阴郁与空虚，笑声总会替代啜泣，实践检验总会使一时还没有太标准的真理大放光辉。而他的小说是写一个自行车修理师傅，帮助一个被迫害的领导干部，他攒了一辆表面破烂实际好使的自行车，胜过英国名牌"三枪""凤头"，给那位领导干部骑走了。此后领导官复原职，自行车师傅谢绝了领导同志对他的报答。师傅坚信国人终会开上汽车，他梦想将自己的自行车修理事业发展成汽车制造与修理事业，同时他又在思考，也许再过三百年，人们会发现还是自行车更好。

　　两篇作品都得到了好评。北京的大报上发表评论，激赏他的阳光信念与带笑春风。天津一位两米多大个子小说家兼画家称赞他对人民的赞扬与他对于自行车修理劳动的细致入微、门道精深、活灵活现描写。大个子作家说"读大成作品如食橄榄熏鱼,经月有余味焉"。有两个大学的学报上还刊出了关于公元前六百多年施奇恩于晋文公的介子推不言禄不受报问题的论文,两位教授从傅大成的修车小说谈起,联想介子推的隐居、清纯精神,问道:"这种精神有没有过时呢?为什么今人没有这种讲究了呢?"出现了对此的一些讨论争鸣。

反正傅大成的小说正当其时。三十八岁的他的小说名品赶上了最好时期,改革开放时期喜欢称这种恰逢其时为"机遇"。发展需要机遇,国家个人概莫能外,呼啦一下子,从一群螃蟹你钳住我我夹住你寸步难行,到个个欢蹦乱跳,机遇满天飞,幸运满满地跑起来了。

一九七九年早春二月,傅大成三十九岁的时候参加了北京一家大文学出版社的创作座谈会,实质是订货会议。他住在崇文门第一招待所,人们说这个招待所与宣武门第二招待所,简称"一招""二招",都是为前来瞻仰毛主席纪念堂的外省来客们修筑的。在那个年代,住进首都北京"一招",傅大成有芝麻开花节节高、青云直上向天骄之感。一切竟然变化得这样快这样彻底,一直变化到小小微微的傅大成身上,一笑。他在"一招",看到了八面来风的刘心武,他看到了朴实敦厚的贾大山,他看到了歇菜二十多年已经四五十岁的当年"青年作家"陆文夫、方之、邓友梅、张弦、从维熙、王蒙,看到一鸣惊人的代表性女作家谌容、张洁,看到突然四处涌现的贾平凹、莫伸、成一、王亚平等新星灿烂,也看到一些尚不为人知的"好苗子"。出版社的老社长老总编老革命,经过一番惊涛骇浪,潮起潮落,怀着终于有了这一天的欣慰心情,向年轻的一代两代,发出了"写吧,加油吧,解放自己吧"的号召。

而在这样的北京中青年作家会议上,傅大成大开眼界,他听着京腔京韵、因势利导、谈笑生风、挥洒自如、滴水不漏的北京话高谈阔论,听着起底、解密、爆料、愿景、神聊、站队、独出心裁外加幽默耍逗,闪转腾挪、纵横捭阖,大炮小鞭,刚柔内外,见好儿就收,见坡儿就下,见弯儿就拐,一言兴邦,舌头打天下的北京中青年文学精英……他觉得此前四十年,在滨海,在边城,在家里家外,在饭桌上下,在酒前酒后,在无数会议前会议后,他傅大成只能算白活了。果不其然,伟大的北京,灿烂的朝霞,雄伟的广场,天安门城楼,五星红旗迎风飘扬,我们为你歌唱,我们向你敬礼,这里不一样,人人是龙种鱼跃,人人是上知天文、下知地理,古今中外,前五百年、后二百纪都有评点分析预设勾画畅想,人家这才叫开会,人家这才叫文学,人家这才叫举重若轻,知人、论世、谋乡、理国,如烹小鲜!

何况会上还有一位未曾与闻的明星,少数民族,风流潇洒,人高马大,黄胡子,黑眼窝,轮廓立体,浓眉大眼,笑容满面,笑吟吟语惊四座,意沉沉民生多艰,头歪歪气吞山河,气冲冲意撞蓝天;尤其说起外国政要大师的姓名,发音带着原文的十足洋气洋味,谈起第二国际的机会主义者考斯基,考字绝对不读第三声"烤",而读第一声"尻",列宁的列,也一律读"咧"的第一声,更令包括傅大成在内的小土作家们目瞪、口呆、如遇天神!

仅凭刚刚发表不久的一诗一小说,傅大成竟也成了事。不但参加会议、说话,还照照片、上报纸、见姓名、受注意。他觉得自己非常可笑,并非极少的文学人士居然知道他姓甚名谁,还说什么"古有范成大,今得傅大成"。一位女子杜老师干脆给他背诵其实他也会背的范成大名句:塘水碧。仍带面尘颜色。泥泥縠纹无气力。东风如爱惜。大成为之心感快意——却又自责他这样的小人物何等地浅薄而且廉价!幸运之星照耀,谁也挡不住,他怀疑自己有一些招摇撞骗嫌疑。前十几年谁喜欢文学,谁涉嫌"牛鬼蛇神",他还学会了魑魅魍魉,读"吃妹网两",是说人死为魑,魑死为魅,魅死为魍,魍死为魉,绝了,不批文艺毒草,不批脏烂作家,这四个字他连见都没有见过。而至如今,世风大变。谁能写点杂七杂八,谁说点信口开河,俨然成了珍禽异兽非洲巨鲸与黎巴嫩金丝熊,那金丝熊,其实属于老鼠科目,如今老鼠碰上了一跃成为金丝巨熊的机遇。大成哭笑不得,想着自己往昔恰如水塘虾鳖，一无所长，如今碰到了时代变化，夤缘时会，住起了北京"一招"，而自己的姓名也居然与南宋千年之前的大家范成大混放到了一起。幸乎，妄乎，谬乎，愧乎？悲夫！

与会的作家们周末晚上去名牌大学中文系与许多做着诗家作家梦的学生联欢。傅大成认识了陈建功、黄蓓佳、王小平，欢声笑语，载歌载舞，签名照相，直到互留邮址。然后互相拉拉节目，座位上有清茶、瓜子，还有几片西瓜。大成用俄语朗诵了普希金的诗《假如生活欺骗了你》，与滨海和Z城相比，北京怎么这么多年轻人熟悉普希金呢？北京知道普希金的人，比Z城知道最红的梆子角儿筱莲花的人还多。

没法子，他太高兴了，他嘴里读的是"假如生活欺骗了你"，他心想的，他的实际状态，是"如今生活抬举了咱"，抬举得大发了！

学生们的节目就更多了，手风琴与唢呐，数来宝与快书，特别是各种歌曲与戏曲演唱。与大成一见如故，为大成朗诵范成大《谒金门·塘水碧》的杜文友兼杜老师，在同学们的热烈欢呼当中唱响了家乡花鼓戏叫什么《卖母为奴》：

年复年

岁复岁

寒来暑往

花儿放

花儿落

四处飘香

春已到

绿水流

山河依旧

唯有我孙淑云

换了客装

风吹头发银丝飘

> 二十年老了我孙氏娘
>
> 二十年盼夫夫不见
>
> 二十年思儿痛断肠
>
> 走遍天涯人渺茫
>
> 踏破铁鞋去把儿找
>
> 要找上亲生的小儿郎！……

杜老师居然唱得声泪俱下，而听众是掌声如雷，欢呼如海啸。

她接着唱了味道完全两样的电影新片《泪痕》主题曲：在我心灵的深处，开着一朵玫瑰，我用生命的泉水，将你灌溉栽培。说批判走资派就是走资派，说批判"四人帮"就批判"王张江姚"，这文艺指哪儿打哪儿，弹无虚发。她的声音清澈明亮，甘甜酥脆，如儿童如少女。大成沉醉于她的声音嫩脆，沉醉于她的举手投足，扬眉甩发，风摆杨柳，一颦一笑，花开玫瑰。

唱完，她还说了一句大成当时根本听不懂的话，她说："这个歌的旋律，好像受到了门德尔松《e小调小提琴协奏曲》的影响……"

听不懂，大成更是五体投地，猛开窍，霞光万道，旭日东升！

在全场疯狂的喝彩与掌声中，杜老师点名叫一位男生一位女生过来，并向各知名作家介绍了二位同学的写作与发表状况，二位同学大喊着说杜老师才是文坛俊秀，文曲星下凡。杜老师带领二位同学唱起了十多年前苏联电影《蜻蜓姑娘》的插曲《玛丽诺之歌》，说的是一个苏联女工的聪明、活泼、顽皮与战无不胜。遇到歌曲里的衬词曲段，他们三人舌头练功，飞速地唱出阿吧嘚儿哩嘚儿哩嘚儿哩嘚儿哩嘚儿哩呆啦，阿吧嘚儿哩嘚儿哩嘚儿哩嘚儿哩嘚儿哩呆啦，尽情宣泄青春加苏维埃工人阶级的幸福感获得感优越感，掌声笑声喝彩声翻了天。这时响起的是杜老师的一阵仙乐般仙人般的笑声。原来又是一首新歌，哈萨克共和国人民演员哈丽玛·纳赛洛娃在一九五二年访华时唱过的《哈萨克圆舞曲》：

红场上
歌声震荡
红旗飘扬
永远照耀大地
灿烂星光
哈哈哈哈
小河的水
流向大海
我也同样向往
永远永远永远
哈哈哈哈
哈哈哈哈……

哈哈，融笑入歌，融歌入笑。歌笑旋风，阵阵吹过，想当初，坐如钟，立如松，笑如风，唱如泄洪，轰隆轰隆隆隆隆咕咚咚！童男子的十七岁，只有一次的十七岁。改革开放，返老还童，重温好梦。

想想这一年也是颇多妙处，有的是敏感点：斯时没有人说过什么，没有传达过什么，但是中苏关系显得缓和些了，不言而喻，无语自明。再如，二十世纪后半世纪的中国，出来多少赤脚医生、赤脚作家，还有赤脚政治家啊，呵呵。而二十世纪八十年代后，也不知怎么的，赤脚诸君，都穿戴起靴鞋来了，或者悄悄蔫蔫地告退了呢。

最后还有一位外籍女老师，给大家演唱好莱坞怀旧影片《往日情怀》的奥斯卡金曲：记忆深藏，如画淡出，重修旧好，安能愿如？或成一笑，何必伤苦，往日情怀，思念当初。歌词是杜老师译的，还真有点意思。

百感交集，往事翻飞。就在这个时候，傅大成两眼发黑，周围的一切开始越来越快地旋转，周围一切像是浸在深深的暮色里，渐渐变成黑影剪影，笑声吵闹声突然远去，渐渐变成呻吟与蚊子的扇动翅膀，不好，傅大成晕眩过去了。

大成醒过来时是在救护车上,他被文学出版社会务组人员送到海淀医院,经检查认为可能有内耳前庭器官疾病。给他开了一些安神补脑的药丸、镇静舒张的药片,送他回到了"一招",然后好了。

大成自己明白,他的这次晕眩与二十年前与婚后犯过的那两次差不多,最先是受了风声笑声的刺激,第二次是突然地白花花的大媳妇从天上压下来。甜美已经带他找白神仙治好了的,适逢改革开放的良辰美景,心猿意马,老病重来……他也在回首往日情怀。他重新听到了二十多年前的笑声与风声、女声与春天声、电影插曲声与学生声、快乐声与心声。这是北京的声音,是大学生的声音,是爱情的声音,是召唤的声音。如舒婷北岛诗,如柳永与纳兰性德词,如安徒生童话。

但是他委实不知道门德尔松与 e 小调是嘛行(hang)子。

在京期间,傅大成与参会同人到新街口电影资料馆看了已经听过一次它的获奖主题歌曲的,犹太裔巨星芭芭拉·史翠珊主演的《往日情怀》。影片描写二十世纪五十年代对抗麦卡锡、《塔夫脱-哈特莱法》迫害的美国青年的左翼抗争旧事,一个纯真的如火如荼的女孩,一位俊俏的不得不妥协低头的好莱坞电影人,一段不成功的爱情,结尾时女孩仍然忙于征集反核武器签名,郎君另有新欢,深情的主题歌曲唱起,令大成感动至深。他们也看了法国电影《巴黎最后的探戈》。人体暴露尺度之大,性性性地动静之大,令大成目瞪口呆,唉声叹气,几乎再犯晕眩老病不治。那就不叫别的了,只能叫"活见鬼"喽。抑或是他自己将人欲人事硬要鬼化了呢?

Если жизнь тебя обманет——假如生活欺骗了你。哒(俄语:是的),那么假如你欺骗了生活与自己呢?你与生活与自己,谁骗得了谁呢?

他回了家,他含着笑。他有时出着神出着神会笑出一点点声音。老婆上班越来越加了力,计件工资越来越见了涨,小龙与小凤都考上大学。他没有想到的是甜美在他从北京开会回来两天后就像是发现了什么:"咋啦?""没咋。"他回答。这是他们俩成为两口子以来二十一年,老婆第一次问他的情况。"我太累了。我,有点累。"他不知所云地说。一边说一边抽搐了一下鼻子。"你看看咱们的香皂盒,怎么没有盖严……"他说,这叫没话找话。

他想起了从北京中青年作家那边新学到的歇后语,一曰"管丈母娘叫大嫂子,没话找话",一个叫"阴天打孩子,闲着也是闲着",一个是"剃头使锥子,一个师傅一个传授",一个是"狗掀门帘子,全仗着嘴"。

"北京人太会说话了,去完北京,我简直不知道今后我还能不能话下去。"大成对老婆说,这也是第一次他向老婆交心掏魂儿吐酸水儿。

什么?老婆无声地发问,嘴唇好像略动了动。她去烧热水。

晚上他似乎听到了甜美的自言自语。她说:"我等着,我怕着,我怕……"

第六章　患病见真情

没有办法,大成悄然变了,他似乎刚刚找到了自己,也就是说,他再也找不到原来的自己了。他离开了滨海县、鱼鳖村与Z城了,他不认同甜美,也许还有家庭与实际的自己,那么龙与凤呢?这太吓人。他收到了杜老师邮寄来的一本小册子,他知道杜老师的名字,也许只是笔名,她的署名是杜小鹃。小册子中有她写的关于一篇爱情小说的评论,论者问道:

"从'有女怀春,吉士诱之'到现在已经有三千年,从《长恨歌》至今已经一千一百多年,从《钗头凤》到现在已经八百年,从五四运动到现在已经半个多世纪,在美丽的、文化悠久的神州大地上,到底有多少人体验过真正的爱情?到底有多少人享受过生命爱恋的美好与圆满?到底有多少人没有扭曲、践踏、压制过旁人的与自己的与生俱来的对于爱情的梦?有多少人疯狂地变态地以残害破坏他人的情爱乃至狗子猫咪麻雀的做爱为乐趣?又有多少人次、人们乐于、狂热于充当爱情的刽子手、行刑官?想想民间的捉奸热吧,压抑与发泄变成了迫害狂……"

他为之鼻酸。书里夹杂着杜小鹃的小说。原来她既能高论,又能创作,穷经作赋两相宜,俯拾即是,才华逼人。她的小说也是在写一个少女的初恋,受到了野蛮与残酷的对待。他一直想着杜老师。她是湖南人,据说她父亲是著名的历史学家,她正是世家才俊。她其实没有甜美白净与透亮,她长着长脸,甜美是方脸。而大成是三十岁以后才觉出长脸或许更高雅并且更文气的。在他自己十六岁前的时候,小伙伴们发现他的脸形开始逐步拉长,一起笑他正在长成马头驴脸,他天天照镜子,吓得不行。乡下人喜欢的是天庭饱满,地阁方圆,是饱满方圆的大气与福气。甜美比杜老师块头大也更胖,尤其是杜老师的脚与手要比甜美小得多。大成想起普希金的长诗《叶甫盖尼·奥涅金》里的两行诗:走遍俄罗斯大地,看不到一双美丽的女人脚板。吕荧译,吕荧当年算是胡风分子。是不是苏联老大嫂的鞋子平均都在欧码四十二以上呢?再想想老派国人对于裹成粽子式的三寸金莲的吟咏:新荷脱瓣月生芽,尖瘦帮柔绣满花。这些文学言语令他先是微醺,接着自悔羞惭,无地自容。也叫他不能不遗憾,为什么已经进入了文学神圣的笔触的男女,却离不开生理物理、尺寸形体、骨架肉感、器官私处的露骨描写呢?甜美的眼睛比杜老师大,个子比杜老师高,但是杜老师身材显得秀丽、灵韵、绝妙。杜老师是双眼皮,而甜美是有点肉眼泡的单眼皮。

　　是文学的无能吗?是他体会得不够?过去不敢正视身体是压抑与变态,今后可以指望男男女女对来自父母上苍的健全身体的正视与爱恋,面对与抚摸,这当然不是下三滥,而是正常,是开朗,是诚实的生命的颂歌,是古老中华的一个现代性进展。

　　大成在北京名牌大学那一个晚上,并没有与杜老师谈多少话,但是杜老师的笑容风姿声响话语举手投足已经使傅大成得到了此生从未得到的熨帖。没有办法,北京就是北京,滨海、鱼鳖、Z城,就是滨海、鱼鳖、Z城。杜老师说"您好",北京人的"您"字像是雨露也像是花枝;"欢迎",杜老师说的"欢迎"像是一阵歌笑。而且她那么能唱,一声"蜻蜓姑娘",时光倒流二十年。逝波长流,情歌永驻,你不舍你的昼夜兼程,我迷恋我的青春万载!

　　又过了三天,大成才发现了自己的问题,难怪甜美觉得他怪怪的,去北京开完了会,他的表现是食不安味、寝不安席、言不安唇、目不识目也不识丁,他正正经经是变成了:"心不在马"——心不在焉。

他觉得他开始接触到了那个世界,他好想追求的那个不同的世界——热烈了,也从未想象过地美丽了,而实有的世界从未有过地陌生了,开始不是格格,也是喷喷不入了,平庸了。他想起了蹿红一阵的遇罗锦《一个冬天的童话》,描写她嫁给一个大脚丫子男人,她与男人秋天去了香山,遇罗锦想着的是看红叶,而她男人忙着排队买带鱼。这个情节并不能说服他,他不认为带鱼与红叶有什么不可得兼的地方。正如文学与修车之间不会较劲。然而他突然面临了陌生的四十岁。四十岁是一个叫人心慌意乱的年纪。四十而始惑于红叶与蜻蜓姑娘。他的心"随风而去",如那部著名的描写美国南北战争的小说和影片 Gone with the Wind 的书的题名,译作中文成了"飘"。俄语书题则是 Унесенные ветром,俄语题目直接转译中文则是"被大风卷走的人"。他会被什么风儿卷走呢?是五级风吹乱了心波,同时他随笑消融,随歌起身启程,随杜老师的论文与小说而飞翔万里,展翅追云。他忽然变成了断线风筝。连孩子都问他:

"爸爸,你咋着啦?"

我咋着啦?

是吃错了药?是喝多了酒?是睁开了眼睛还是揉瞎了眼球?是唤醒生命、灵魂、爱情?还是用一把火燃烧掉了生命、灵魂、爱情、白花花的媳妇、聪明过人的笑靥如花的儿子和女儿?

就这样过了几天,他闹了一场急性胆囊炎,腹痛如绞,呕吐两次,最后他痛得嗷嗷大叫。高烧四十一摄氏度,浑身发抖。明白了,这是由于在北京吃得太多。作为鱼鳖农家的孩子,他多年来没有痛痛快快地饱餐过,更没有解过馋。而这次的北京之旅,他吃了回锅肉、粉蒸肉、狮子头和大棒骨,数次干烧鱼,还有一次大对虾。有两次吃罢晚饭他感到卖力太过,幸福与辛苦地喘息呻吟不止。

甜美推着一辆本来是驴拉的车将他送到医院,做了 B 超,验了脊髓,插上鼻饲管,说是为了减轻不知道哪儿的什么压力,又插上尿道管。大成大彻大悟,疼痛是难于忍受的,疼痛能够压倒一切,驱逐一切,当生命只剩下疼痛的时候,为了离开痛苦,他完全愿意割舍生命,不要说割除胆囊了,就是割除头颅或小弟弟也算不了什么。佛家讲的是生老病死,病比生还难缠,比死还难受,比老还执拗。病是人生重要滋味,是生命必需,是人生一绝、一极、一个峰顶,病通向的是正觉,是涅槃,是南无阿弥陀佛,是真如;而生通向老,老与病都通向死,是病极,是永恒,是大化。

　　死或者通向虚无,四大皆空,四大皆空那么病与死更是空,是空之空,是空之无空,是无空之空与无;然后知道了生而无病无恙无灾无祸是多么恩惠,多么幸运。健康是从前面正面,而疾病是从背面侧面彰明了人生的珍贵与美好,然后他剩下的还有什么呢?只有甜美,只有小龙,只有小凤。只有甜美有权利有责任在手术书上签名,只有她能承担麻醉醒不过来的风险,血流过多死亡的危险,手术伤口迟迟不能愈合乃至感染不治的危险,还有打开腹腔一看,内脏已经被胆汁浸润伤害、无法挽救的危险,还有另外十三种凶险告诉你你的生命的脆弱境遇。在脱光了病号服剃净了阴毛抬上手术床之前,他看了一眼妻子儿女,他说了一句:"我没事。别着急。"他的声音竟然像蚊子一样,病毒夺走了声音,在尚未夺走其他以前。

　　非偶然也,这是老天的一个重要信号。大略如闻警告。天心是零?零是什么都没有,是天弃权,那么你的心就必须去补位,你的心就成了天心,承担天心,流露天心。你的存在,你的心的存在,归根结底,道法自然,来自自然,来自天地。你切切实实受到了警告,受到了痛苦,受到了天谴,受到了明示。你结结实实地接受了红肿痛的炎症,接受了操作起来其实更危险的局部麻醉。接受了闪亮锐利的手术刀手术剪手术钳手术线……是急诊手术,外科主任给他的肚子开了大口子,怕的是已有胆汁溢出,自己摧毁乃至消化掉自己的腹腔器官。

　　手术后第二天他遵医嘱忍痛站立排气,第三天恢复了流质进食。第六天他出了医院。

衰弱的他想起了面向四十岁时发生的一切,他想起了鲁迅在《二心集·宣传与做戏》里的话:杨小楼做《单刀赴会》,梅兰芳做《黛玉葬花》……倘使他们扮演一回之后,就永远提着青龙偃月刀或锄头,以关老爷、林妹妹自命……那就实在只好算是发热昏了。

……有人恋爱得死去活来,适合编剧出演题咏献花成全大角儿巨星。有人平平淡淡地婚丧嫁娶、上炕苟且,后来是兴味索然,弃之可惜,食之无味,再无味也还可惜,再无趣也不能闹邪了。

虽然是才刚做完了腹外科急诊手术,从眼神上,从容颜上,从声音上,从身体、手足、皮相、筋骨的种种状态上,白甜美立即感觉到了傅大成的情义,她流出了眼泪,她结结巴巴地说:"我其实知道,我们俩不是,我们不门当户对,门不当户不对。我要嫁给你是我傻,我土,我嘛也不懂。嫁给你以后才知道你迷的是文学,姐妹们告诉过我,我不懂,可是我听说过,我也想得到,作家神经,蒙人,作家折腾人、坑人,作家败家,作家靠不住,作家还得罪人,老是犯错误,找倒霉,受处分。有了什么来着,你们叫文学,就没有了好日子。我明白着呢,我早就知道你发达了必定会蹬掉我……我知道,我知道……你不要说别的了,过一天就一天吧,让我多伺候你几天,你把我带到了Z城,Z城有电影院也有百货公司,有大马路还有那么多警察,有出租汽车也有马的(马车的士)……我还要告诉你,我有钱,比你有钱,你想不到的……"

白甜美向傅大成讲述了自己的创业计划。她听服装厂的工友们说,省城里已经出现了民营棋牌室,一位工友的叔叔在工商局工作,他们能够协助她办理申请,申请表不用她自己填。她的棋牌室里将会供给棋牌,提供茶水、可乐、酸梅汤、豆浆、鲜榨果汁、北冰洋汽水、红果汤……她要学着新建的大宾馆的样子,学着高级人的样子,买进各种水果,洗净、削皮、切片,放到小玻璃托盘上,配上牙签提供给顾客享用。对这种吃水果的办法,他们最先是从"文革"的大字报揭露的一个"走资派"身上学到的。她还正在研究咖啡与冰砖冰激凌雪糕，她正在订购苏州出厂的雪柜。

　　……大成紧紧地将甜美搂到怀里，更正确地说是更深更紧地钻到了挤到了甜美的怀里，他哭得鼻涕眼泪，他激动得喘不过气来，他忽然一通百通，一顺百顺：让自由恋爱的人自自由由地去爱去抱去离去骂去乱去下药去动刀闹他个天翻地覆出窍涅槃吧；让没有得到自由的爱的人也爱他或她的能爱，搂他或她的能搂，舒服他或她的能舒服，抱怨他或她的想抱怨，哭着骂着也还要抱在一块儿，得了便宜也还要卖乖，窝囊着也还要尽兴吧。同胞们，朋友们，闺女们，小子们，尤其是老小娘儿们，我心疼你们！

　　他出主意说，不要仅仅叫棋牌室，要叫棋牌茶室。

　　一面养病，甜美天天给他炖鸡汤山药枸杞，一面充当甜美创业的顾问，一面享受着家庭生活，一面不时想起三十九岁进北京的歌声笑语，而后又钻起牛角尖来。

　　他的命运多么有趣，他的拐点叮咣五四，他的故事胜过许多人的包括他自己的小说……人生是谁的构思呢？一九四〇年出生，日军占领下的东北，叫什么"满洲国"，一九四五年苏军粉碎日本关东军老底，四九年中华人民共和国成立，五五年辍学，五八年复学，五九年娶媳妇，六一年当爹，先是不要家，后是享受家，七九年北京开会，心神荡漾，文采飞扬，笑的风现出了才女的容貌体形，他已经不知伊于胡底，恰在此时候，猛的一场腹外科急诊手术扭转了人生方向，这是一种多么完整，多么诱人，多么出其不意，多么出神入化、庄严多义的整体构思！伟大的物质世界，你的规律法则科学概括声光化电惯性正反加速度，当然还得加上生物学细胞分裂雌雄异体，生育死亡，就是天地伟大的构思。越是客观的世界，越是有构思的主体性与坚定性。你的诗性、小说性、禅性、易学性，究竟是怎么回事呢？而狗男女也罢，我爱你也罢，苦绛珠魂归离恨天，吊诡矜奇，病神瑛泪洒相思地，用泪河浇灭掉爱情火焰梦幻又是多么伟大刻骨的构思啊。

　　我爱白甜美，他在梦中叫了起来，白甜美叫醒了他，他其实听到了自己的内心的呼喊,他已经十分清醒了,他重复着对甜美说"我爱你,我爱你,我永远爱你",白甜美幸福得哭泣,羞怯地躲避,然后实实着着地把大成抱到了自己的胸上,安慰大成:"等等,等你好了,等你养好了,你不会白疼我的,大大的成,他爹!"

大成的手指抹到了甜美眼角与腮上的泪水,他哭出了声音。多么幸福的一哭呀!

第七章 一曲温柔《乡恋》痴

　　世上无难事,只怕有心人。白甜美的路子连傅大成也完全想不到。还有过去认为她不会说话,只是不会与大成说话罢了!她太敬他爱他讨好他高看他了,在他面前她紧张得一句话也说不出来。其实呢,引车卖浆之语、忽悠、龙门阵、唠嗑、拉呱、八卦、天南海北、骂骂咧咧、一语道破……到时候想要什么,就能来什么;抛来什么、掉下什么,她也一定能接到手什么,歪来正对,热来凉应。转眼间,她找到了合伙人,她在大成认可下,用房屋的居住权作抵押,从银行获得贷款,从娘家也要到了支援。再说大成由于他的创作势头,由于他的北京之行,Z城文联把他调动到了文联创作室,并且分配给他两室一厅、使用面积达八十五平方米、水电暖设备齐全、厨房使用液化石油气、有抽水马桶卫生设备的公寓房——用作贷款抵押分外好使。

　　甜美租了本公寓楼两间空闲的半截地下室,粉刷修整,张灯结彩,悬挂西洋景与电影明星照片,刘晓庆、陈冲、张瑜、郭凯敏,一直追溯到周璇与李丽华,也没有忘记李香兰,方桌圆椅,喇叭电视,一应俱全。在一九七九年、农历己未羊年,公历十二月三十一日,农历十一月十三,摩羯座,甜美的"乡思"棋牌茶室正式开张。鞭炮齐鸣,茶烟皆备,酒香扑鼻,与"白总"夫妇有餐饮之交、公关之交、清谈之交、文墨之交的众友人来了个不亦乐乎,一半广东音乐《步步高》与《彩云追月》,一半邓丽君歌曲《甜蜜蜜》与《小城故事》,为Z城带来了新感觉新声色。满室鲜花纸花,满室贺词镜框,还有和田玉象棋、香港造麻将牌、日本造围棋与大量 YET 名牌扑克置放得兴旺吉祥，有条有理。由白总亲自操办监制的肉夹馍、热狗、三明治、大馅包子、鸡汤、奶油蘑菇汤加五星啤酒，土豆蛋白虾仁号称沙拉、沙律的……招待宾客，说笑声、碰杯声、喜歌祝词声、致敬致谢声，满耳满室满街。主客都强调，乡思棋牌茶室的开业是 Z 城的盛世盛事，是形势大好、愈来愈好的体现，是十一届三中全会正确路线与富民政策的伟大胜利。最妙的是在便餐、汤品、礼物、言语、认识都是喜悦圆满百分之百的情况下，在嘉宾们正要告辞离去的时候，乡思室内的电视机突然打开，荷兰飞利浦——当时世界上屏幕最大的电视机——四十二英寸对角线、CCTV 第一套节目，播的正好是电视片《三峡传说》，喇叭里放的正是李谷一的伴唱《乡恋》：

> 昨天虽已消逝，
> 分别难相逢，
> 怎能忘记，
> 你的一片深情……

这是一个奇迹，这是一九七九年年末的又一个快乐奇妙的伟大构思，写下了二十世纪八十年代开始时 Z 城的一个传奇。

棋牌茶室的名称"乡思"是大成起的，他当时既不知道当晚中央电视台会播放什么节目，也不知道李谷一是谁以及她会唱什么歌，更不知道这一首多情委婉，却又不无玄奥酸甜之词儿的歌儿竟成了生活将要起变化的一个先兆。他们的茶室"乡思"与李谷一的"乡恋"，天然接轨无缝。

他当然更不知道次年上海《文汇报》专门报道了这个歌曲如何受到欢迎，更不知道《乡恋》的出世前后，出现了多少文艺掌故，包括严肃的保留与廉价的感动，警惕防范的质疑习惯与欢呼雀跃的新潮汹涌。到处是生活，到处是时代，到处都撼动着历史趋向的变革与调整，点点滴滴，蓬蓬勃勃吵吵闹闹，纷纷乱乱。中国人的生活，正在迈上一个新的平台。

回忆这个时期,首先是时而偷偷摸摸,时而风起云涌的邓丽君盒儿带。这样的带子多是广东靠近香港澳门的地方,甚至是南海上的渔民走私而来,但是从南到北,从东到西,邓丽君的轻声曼语已呈燎原之势。对于Z城百姓来说,她确有柔性新意,但李谷一还是要清新净爽与洋溢大气得多。李谷一《乡恋》的出现立即气象万千,驰奔的歌声与天空群峰、江河旷野、春风碧浪互动在一起,就不只是歌厅酒吧间咖啡馆的小曲所能比拟的了。白总这边,审时度势,进退便宜,耳听六路,眼观八方,一会儿扩大,一会儿缩微,一会儿小来来,心照不宣,收放有术地在茶室里唱响着李谷一,然后是上海的更加嗲嗲的朱逢博,而邓丽君的温馨气声歌曲,也成为Z城乡思茶室的一个招引顾客的卖点。很可能是邓丽君引发了李谷一,同时李谷一包容也开拓了邓丽君。小小Z城人民,未必不能做到得风气之先,在白总茶室,照样议论起了日本影片《望乡》中的裸体镜头该不该剪掉。这是怎样的岁月哟!

傅大成与白甜美呢,不只是躬逢其盛,而且是趁盛势直冲云天。

不见经传的小小的民营棋牌茶室,白总买来名为《乡恋》的盒儿带,再加上超级大分贝音响,在这里喝水吃点心,在这里下棋打牌的顾客听到《乡恋》,听到《洁白的羽毛寄深情》与《边疆的泉水清又纯》,也听到了帕瓦罗蒂的《我的太阳》与西班牙情圣胡里奥·伊格莱西亚斯《致我爱过的女人们》。一个月后,乡思棋牌茶室毅然更名"乡恋茶室"。他们的茶室搭对文艺快车,攀上历史巨轮,分享了明星之光,诱导着各式各样对于愿景的遐想,想了冰箱与洗衣机、电视机与录放机,想了亚洲四小龙,想了国民经济翻两番,想了苏联、新加坡、西欧北美,想了李小龙、玛丽莲·梦露与陈冲、刘晓庆,主要是想定了四个现代化。

那个时期的生活,就和一个小青年吃了一点兴奋剂一样,三个月一蹿,六个月一跃,一年过一个坎儿,两年升一次级。到一九八三年,傅大成出了一本短篇小说集、一本诗集，姓名经常在文艺报刊上变成铅字。而到一九八三年，白甜美的茶室已经另建一个大七倍的新址，原址变成了高价的茶室 VIP 部，还清了银行贷款，进入了良性循环。

棋牌茶室的建立与经营也有令大成极为头痛的麻烦：小小 Z 城，有的人才大体吃饱，就悄悄恢复了赌博恶习。麻将一毛两毛最多到一块，还好说。种种新鲜的扑克赌法，二十一点、斗牛、掼蛋、炸金花、乐高，花样百出，险情四溢，黑话连篇，背景深深。尤其是更靠后兴旺起来的引人入胜的斯诺克台球，那个时期裁定了多少赌局财富再分配，无人说得清楚。白甜美苦口婆心，一面奉劝着顾客特别是老相识们玩儿玩儿就最好，万万不可违法聚赌，一面与公安局加了联系。必须依靠公安，又难以跑公安跑得太勤太张扬，也难以把遵纪守法反赌博的口号唱得太过高分贝，她经营的毕竟是一个休闲茶室，一个放松开心消闲取乐的地方，不能变成做局打黑除恶的机关陷阱。

一切收费服务在给好人提供了快乐与享受的空间的时候，也提供了利用它蝇营与狗苟的可能。天下皆知美之为美，斯恶已，生活使老子的名言变得如此明白。有了金钱，就有了享受、投机、取巧、诈骗、盘剥、盗窃与抢劫。没有钱伟大清高的同时却显出了叫花子的可怜相，还有难免的仇富心理。一时间，公安部门收获了各种举报，也发现了不少线索，什么涉嫌贩毒涉嫌为卖淫而拉皮条的涉黑人员，什么黑老五什么盗墓绑票诈骗拐卖人口者都往乡恋茶室集结。

白总三天两头地被派出所调查询问。有一次是两个赌徒在这里赌完台球，出门走到一个香烟摊前算账结账，言语与算术计量不合动了手动了攘子，被公安派出所拘留。并产生了对于乡恋茶室的种种怀疑与指责，包括茶室招牌含"恋"字，涉嫌微黄，这是一；棋牌茶室更名为茶室，有超范围经营与掩盖赌情之嫌，是二；三是播放的歌曲涉嫌靡靡软软，不利公民教育尤其是边疆地区的国防与敌情观念教育；四是经营者涉嫌对于表面玩棋牌球，实际赌博，其实心知肚明，他们口头劝阻，却又用来非法牟利……一次还将白甜美行政拘留，是傅大成前往力争，又托了人，又妥协了某些规则，才从轻处理，公安方面数名人员轮流与白甜美谈话查证批评教育嗔呲责备共七个小时五十七分钟，之后白甜美狼狈回家，恨得大成踩脚捶胸。

这里还遗留了一个历史奇案，一九七九年十二月三十一日晚八点后，"乡思"棋牌茶室开市大吉，即将圆满结束，飞利浦42英寸电视机是谁打开的？"乡思"是怎么样变成"乡恋"的？李谷一、朱逢博，后来则是明目张胆的邓丽君、徐小凤、梅艳芳、凤飞飞，她们是怎样进入茶室、进入Z城、进入全国的各个角落的？

一九七九年除夕，开业活动结束后，甜美对大成说："赶得真巧，客人们要走了，你打开了电视机，《乡恋》就这样唱起来了……"

大成说："不是你拧了开关了吗？我根本没有去打开呀。是谁打开的呢？是小张还是小朱？是小盛还是小荀？"张、朱、盛、荀，都是甜美的雇工帮手。

天才构思都是零构思，即无为而无不为，没有结论。然后出现了一些延伸故事，说是大成在北京见到了李谷一与音乐家协会的领导吕骥与大音乐评论家作曲家李凌。还有说李谷一给白总甜美打了电话，电话费用了三百多元。

担任了Z城文联副主席的书画金石家范白石很有兴趣于这个飞利浦自行通电开机，唱李谷一《乡恋》的美丽故事。老画家说："这里有天数，天数精微，莫须有，偶然现身，成就了大历史。当历史走到这一步，天理人心，微风小雨，唱歌跳舞，吃茶下棋，一謦一笑，一声一息，都有定数，都有易理。如果随便一个巧合、一个偶然、一个奇遇、一个碰撞，都能够歪打正着，都能赶上点，都能射中十环至少九环五，这个潮流还了得吗？这个大浪淘沙，春潮澎湃，不服行吗？"

范白石乃吟道：一曲温柔《乡恋》痴，动情声气泪如织。江山依旧销魂色，别样歌风自此时！

又道是：青山入梦迎春雨，绿水拂颜醉好词。游艇三峡风亦笑，茶屋浅唱感如诗。

其三是：好山好水好风光，声气迷人欲断肠。天籁如君君欣悦，俗缘在我我彷徨。

三首七绝全发表在当地晚报上，起了为变革直到为"乡恋茶室"广而告之的作用。

范白石还爱说，电视片《三峡传说》是写最难忘的三峡的，结果，李谷一配唱的《乡恋》，盖过了三峡胜景，现在没有人不知道的是《乡恋》歌曲，歌曲是神啊，歌娃是仙！大地是家园啊，风景是呼唤。有几个人还记得《三峡传说》电视片是说什么的呢？这公平吗？但是你不能因此把江山与艺术对立起来啊。

江山因歌唱而活泼，歌唱因江山而宏伟，小地方小人物小茶室随着历史的节拍而摇曳多趣。

一九八三年年初，乡恋茶室胜利地也是跌跌撞撞地营业三年多，终于白总甜美因一些经营问题两次被行政拘留七十二小时。后一次释放之后，傅大成反复思谋，联想到一九八二年开始，我国的干部离退休制度开始实行，各地开始出现越来越多的离退休人员，建议茶室停止棋牌台球，与文联的书画家联手，经办少年儿童与离退休老职工书画培训与借阅图书活动。白甜美恨得跺脚，难道咱们的百姓硬是动不动不能享福，不配享福，不可娱乐，不会娱乐，不讲规矩，不守本分的吗？

第八章　嘛事儿啊,他妹子

一九八一年十二月,Z城文联转给傅大成一本东北一个地级市主办的文学刊物《葡萄园》。由于寄件方对大成邮址写得不清不楚,邮件转来转去,前后盖了邮电支局的四个"查无此人,试转××局"邮政章,包装已经磨破。耽误十多天,最后才通过本市一家文学杂志将印刷品邮件交给了他。

一本印刷与装帧都嫌粗糙的薄本文学期刊的头条作品,是署名小鹃的短篇小说《无法投递》,以半日记半书信的形式,描写了一个大龄女子的感情经历。小时候女主人公爱上自己的老师,是她童年的白马王子,"王子"竟然不久就结婚了,娶了一个长得像"小白薯"一样的俗人。问题是班上有三个女生说那位准小白薯长得如何如何像第一人称女主人公"我",这使女孩儿生气,感觉自己受到了极大侮辱,这件事给了"我"一个沉重的预言,"我"深信自己肯定是红颜薄命,噩运连连。

初中三年级,书信体小说中的"我"差一个月就满十六岁,已经是二八佳丽,她在公园里邂逅了她刚刚看过的当红影片主角男神阿匆。她毫不犹豫地叫出了阿匆的名字,阿匆怔了一下,走过来亲了一下她的手,抬起头,她挨了一个耳光,然后是一片哄笑。与阿匆的邂逅使她心乱如麻,所以,是谁打了她耳光,是谁在笑,是在笑谁与笑什么,乃至以上种种究竟是她的一个亲历还是一个幻觉、一个少女之梦——平白无由地相信自己被吻了手并扇了耳光?她完全闹不明白。她痴呆了,她羞愧难当,她惊慌于自己的神经躁动,也许还有点疯狂,也许是有伤风化的开端。

无边无际的懊悔中她迷上了文学,迷上了文学描绘抒写的爱情,深信恋爱达到了唯爱唯一,此生此命,只求一个爱情,再无其他。她一口气读了三遍《红楼梦》、两遍《卡门》、三遍《贵族之家》、两遍《前夜》,她背诵了《长恨歌》《无题》《临江仙》《青玉案》《再别康桥》,还有苏轼的《江城子》。她也读了徐訏的《鬼恋》与《吉卜赛的诱惑》。她自己信笔由缰、穿云破雾地写将起来了,她变得更深沉,更珍重,更才华也更幻想,更痛苦也更灼热,她在燃烧,她在饥渴,她在飞天。

她所有的习作都倾巢退回。

而比一切的诗都诗,比一切的爱都爱,比一切的忠诚都忠诚的是爱情的童话,是童话的爱情,是安徒生《海的女儿》,是美人鱼。爱情必须童话,童话性就是爱情性。在那条船上……她看到王子和新娘在寻找她……他们知道她已经跳到浪涛里去了。在冥冥中她吻着这位新嫁娘的前额,她对王子微笑。于是她就跟其他的天空中的孩子们一道,骑上玫瑰色的云块,升入天空。爱情是一个最美的奉献,不是猎取,而是献身。爱情就隐藏在辽阔的、深不见底的大海里。爱情是一种牺牲,是温柔的刚烈,是女儿的火一样的梦。

"我泪流满面,我深夜不眠,我终于得到了外国的爱情'圣经'了,而中国的'圣经'是'天地合,乃敢与君绝',是'执子之手,与子偕老'。我下床。我跪到了地上。"小鹃继续写道。

然后是两行省略号,然后是一个三级跳——这样一行一行字,把大成吓了一跳:

我怀了孩子!我生了孩子!我知道了这一切有多么拙劣,多么无耻,多么粗俗,多么丑陋。我有了罪,我给了我自己,我毁了我自己,我暴露无遗,我被每一个看我的眼睛扒了个精光光。

然而这不是我的罪恶,这不是我自己的事,不是选择,只是宿命,只是听命,向往、沉醉、需求、痴迷、疯狂、牺牲,都来自天地,来自日月,来自江河,来自大海,我为爱而来,为爱而生,为爱而不顾,为爱而辱,我必定为爱而死!这一切都是我的注定,我的必然,我的旋律,我的奉行!爱情就是我的上帝!

……只能把我唯一的儿子,小小的、攥紧了拳头哭向他的可怜可恨的妈妈、帅哥式的儿子,送给了他人,我给了他生命,我抛弃了他。我与接受孩子的一对夫妻订了文书,一生一世永远不再与儿子见面。

……大成写道:

五迷三道,怔怔磕磕。横空出世,额头撞破。东一榔头,西一棒槌,左一擂鼓,右一击铎。傻气冲天,情思入魔。你是在说什么,哭什么,闹什么,糊里糊涂,莫名其妙,无情无理,全不合那辑与逻。一亮相,先扇自己一个大嘴巴,一张口,却已是满嘴吐白沫。你这里,却是道啥说何?几分那小丫头子颠三倒四,几分那盛年美妇人激越撒泼。几分幻梦,几分执着,几分蹉跎,几分哆哆嗦嗦,几分哩哩啰啰。不像小说,不像非小说。赶上了国运大兴、文潮汹涌、有板有眼儿,开放改革!你也诗、俺也戏、她哲思、侬抒情,意识流,现代派,阿拉也错错错、莫莫莫、笑呵呵,你好模好样儿,一味地瞎嘚瑟。驴唇怎样去对马嘴?牛头怎会长出山羊脖?后轮印,到哪里去找车前辙?却为什么,无病呻吟,有病笑呵呵,小病藏猫儿猫儿、昧儿昧儿、魔魔,大病不准把脉摸。天真烂漫,如泣如歌?一腔心事,才女多磨,缺心眼子,大傻喝喝喝。读未了,谁能不为之动心、动情、怜惜无限,为她垂泪,好端端呆话儿说得太多,好端端写得太拙,抒情也不该如此各色,而且啰唆,读得忒拙,越读越是那样地哭笑不得,散德行也不该散得天昏地暗,仓皇失措,平白无故把个人糟践,把自己揉搓消磨。嘛事儿啊,他妹子,终于叫我泪眼婆娑,珠泪滂沱。天生好文章,自是不拘一格!

大成把这一段散曲,写在《葡萄园》杂志头题作品《无法投递》的结尾页空白上。

是谁在继续强力构思二十世纪八十年代的中国与她的每个子民,包括杜小鹃的《无法投递》呢?是谁让傅大成写下这么一大堆绝不把自己当外人的信口开河，胡涂乱抹，寓褒于贬，放言无羁的同心贴心话语来呢？

……难忘的一九八二年十一月一日，傅大成应上海文学界之邀飞上海，这是滨海县鱼鳖村出生、Z城工作、年已四十二岁的大成头一次上飞机。早先，坐飞机，至少也得是厅局级即地师级干部。没到这个级别，即使舍得出资，也不可能买到机票，除非你熟识机场所在地关键的秘书长。一九八〇年他们文联一位领导，坐了飞机，不能报销，几乎造成了不幸事件，这回呢，由于邀请方出机票，傅大成何德何能，居然进了机场，排了大队，拿了牌牌子卡片儿，登了飞机，靠窗坐稳，深深感悟这也是祖坟坟头冒了青烟的喜事。二十世纪八十年代，青烟家家冒、再再冒、坟坟冒、呼呼地冒。他等了五十分钟，心慌意乱，东张西望，终于机声如雷，螺旋桨飞转如云霞闪光，机身震颤如电刑如打摆子，自我感觉益发慌乱。飞机前行，居然渐渐升起，起落架整个收拢。天可怜见！空中小姐送来了雀巢速溶咖啡、饼干，还有小巧玲珑的一盒五支装混合奶香凤凰香烟，香气扑鼻，一小盒虎猴牌泊头市出品，民用航空专用小火柴，火柴棍方方正正，结结实实，绝非鱼鳖村乡民日用火柴所能同日而语。傅大成想起了早年一个女劳模乘机飞往莫斯科参加世界工人联合会会议后接受记者采访时的谈话，她说她小时是童养媳，挨过婆婆的打，打她的时候恶婆婆说："三天不打你，你还要飞上天呢！"她革了命，当了劳模，果真飞上天啦！想起女劳模的话，又想起中国作家协会党组书记邵荃麟翻译的陀思妥耶夫斯基的长篇小说书名，叫做《被侮辱与被损害的》，头一次坐飞机的大成几乎哭出声儿来。

谣言也罢，忘记所由了，但是Z城百分之九十九的并未坐过飞机的人民，都知道传言说有那么一次，一架飞机上天，起落架（外行则叫做轮子）顺顺当当收到了飞机肚子里，轮到降落时刻，飞机肚子硬是打不开、放不下来起落架即三个大轮子了。不仅仅是尴尬狼狈，更是危险万分，大成一想后脊梁背就冒冷气起鸡皮疙瘩。感谢上苍，上海虹桥机场到了,起落架正常——平稳——打开——探出——双后轮先够上了跑道,之后才是前轮……傅大成怎么样上的飞机,又怎么样下来了!傅大成血压与心搏恢复正常,平安抵沪。明白了吗,小小鱼鳖村人氏傅大成从飞机上下来的地方就是大上海:上海滩!三大巨头,四大帮派,歪(这里作厉害讲)得很呀,他大大大的上海!这一天是傅大成与他出生的故乡鱼鳖村扬眉吐气纪念日。

第九章　大上海、《小街》、蓬拆拆

　　上海是伟大祖国的最繁华城市。上海是过去的十里洋场,冒险家乐园。上海是中国工人运动的摇篮,是中国共产党诞生地。上海有霞飞路后更名淮海路,还有南京路"霓虹灯下的哨兵"。上海的外滩西洋景图片在全世界全中国直到Z城不胫而走。上海住着作家巴金,有巴金办的《收获》,和同样由巴金担任主编的《上海文学》杂志。上海有二十世纪二十年代建起的西班牙风格美丽舒适的静安宾馆,这次文学界活动前来的各地中青年作家就住在静安宾馆。这里的水晶虾仁很有名。虾仁上要放山西陈醋或镇江香醋才够派头。在上海,上海人说起来最有派头的两个字正是"派头",在上海话,派头二字的发音是"帕——兜"。前一字"帕"要略拉长声,第三声,"兜"则是轻声。

　　乡巴佬逛大上海,在上海见到北京女作家杜小鹃,傅大成拿着载有《无法投递》书信体小说的刊物,请她看了他写的散曲读文心得,生怕得罪,倒是看得小鹃哈哈大笑,赞不绝口。时隔几年,二人会面。大成说:"你的《无法投递》迷住了我。"小鹃说:"那是因为它投递给了最该投递的你。"大成说:"好久没有见到你了,一见面,却又像常见面似的。"小鹃说:"不见了就会再见,再见当然就是再看见……在上海,在这里,不是又见了吗?"然后笑声连连,如春风,如风铃,如金石,如上海夜灯闪烁。不好,上回在北京初见的时候他并没有这个感觉。这次,当然是与媳妇创业创的,怎么一见杜小鹃他想起的是唱

《乡恋》的李谷一歌唱家呢？杜小鹃与李谷一，她们长得不同，声音不同，口音不同，职业特长更不同，究竟为什么要想起李谷一来呢？莫非是由于他发现了小鹃现在说话带点气声，即呼吸的声气？原来《乡恋》不仅影响了通俗唱法，也多少改变了一点说话的发声习惯。也许从声乐理论的角度来看，通俗歌曲的气声运用，唱不唱湿软柔弱的通俗歌曲，都不是什么值得探讨的课题；马克思一八六五年在回答女儿提问中曾说过，最喜爱的女性性格是"柔弱"，最心仪的"女英雄"是甘泪卿。甘泪卿出自歌德《浮士德》，温柔善良、奉献牺牲。但是斯时斯地，接受李谷一与邓丽君，令一个个不怎么懂声乐学发声学的百姓兴奋快乐。打一个不伦不类的比喻，比如明清两朝过渡的时候，梳辫子成了大变化的象征。傅大成想。现在呢，则是要接受杜小鹃。接受杜小鹃就是接受新时期新变化。

奇怪，中华脍炙人口的说法是《诗经·王风·采葛》：彼采萧兮，一日不见，如三秋兮！说的是友谊深厚，思念浓烈，一天不见，想念万分，如同阔别了三年。或者不到三年，而是孟秋、仲秋、季秋，就是说三秋正是一秋三个月。或者还有别的说法。而与曾经屡屡令他心潮起伏的有趣的女作家杜小鹃副教授（已升级副教授）再次见面的快乐立马荡涤了所有的过往千头万绪，他们是三秋不见，只如一日兮，如昨天还在一起高谈阔论兮，如三分钟前还在一道说笑兮，如从未分别兮兮兮！

三年过去了，又一次全国性文学聚会。新星灿烂，有新锐发言放炮的小胡子炮手，还有据说是风头正健与不无危险的现代派先锋——阿旺忒尔尔得（前卫），不断地有人提起苏共领导人日丹诺夫于一九四六年发动的对现代主义的斗争与对作曲家肖斯塔科维奇与女诗人阿赫玛诺娃、作家左琴科的围攻，有人敏感，有人如临大敌，乘机奋起。人们还说起姚雪垠与刘再复的争论与魏明伦的有关奇文，然后是鸳鸯蝴蝶派的复活，还有不具有誉满全国的作品，硬是具有誉满全球的威名的文学大吹大侃大涮，后来又成了大腕大咖大牌直到可疑的大 V。文艺头衔的膨胀规模，远远胜过了文艺成果、文艺作品、文艺实绩的壮大。还有陕军湘军北京作家群，还有伤痕寻根一声叹息两行清泪三分遗憾四季草花，说不定还有五毒俱全、五色乱目、五味乱胃、五声乱听闻，但愿后来是五色缤纷，五福临门，五好标兵军。

不光开会，最优秀的几位中、青年作家吃了淮海路上红房子法式西餐厅，上海西餐是不是比北京西餐更西？为什么会觉得上海餐饮至少是服务得更好？大红门，即后来的红房子，开业于一九三五年，时大成是负五岁，小鹃是负十岁。人们正好坐在临街的窗边观看大上海繁华街道上车水马龙，来去匆匆，还有衣着体面、举止清爽的过客，偶尔听上句不似外语、浑似异域的"赏唉噢"（上海话）。红房子是一个欣赏艳羡消化沉醉上海的好地方。而比红房子的西餐更令大成难忘的是小鹃对西餐的熟知与启蒙教育。大成是第一次进正经西餐馆。是小鹃给大成讲了哪个是切牛排的刀，哪个是切鱼的双刃刀，哪个是汤匙，哪个是茶匙，左手使用的叉子序列，右手使用几把刀子，西方将我们所说的饭桶吃货称为"七把叉"，西餐的特点，头盘开胃、汤品、沙拉、面包黄油、主菜一至三道、甜品，酒的上桌序列，等等。她甚至讲到了法餐、意大利餐、俄餐、德餐，尤其是人们为什么嘲笑英国餐的故事，还有自助早餐当中"大陆"系列与"英伦"系列的分别。著名的历史学家的女儿与他这个鱼鳖村的贫农儿子的差别就是这样大，是怎样的机遇与际遇呀，他正骑在向现代化全球化地球村小康大康富强民主文明疾奔的时代骏马上，冲啊，喔！

他们也去城隍庙寻找批发店、价廉物美商品，品尝美妙销魂南翔小笼包子。他们到了郊区淀山湖、湖边报国寺、玉佛寺下院。报国寺中一千多年的古银杏树，叫傅大成、杜小鹃这一类小作家仰面感叹不已。冀枝叶之峻茂兮，愿俟时乎吾将刈。小鹃援引了一段屈原的《离骚》，意思是说希望树大枝叶茂盛，等待从中得到收获。虽然不算贴题，也显然高于其他江湖写手，毕竟是大学师资。

他们登上高高的藏经阁，瞭望据讲是有十一个杭州西湖大的淀山湖，他们俩含着泪水。"我们太小资产阶级，也太土鳖了。"大成自我批评。于是觉悟高些的文友转而谈青浦县是陈云同志故乡，陈云参加过上海工人运动三次起义，担任过罢工委员会委员长和中共中央组织部部长。青浦县还有著名的朱家角、淀峰村等地，都有自己的难忘风貌和激越历史。

他们晚餐后到南京路上最早的洋式建筑和平饭店，听了老年爵士乐团演奏。乐队成员平均年龄七十一，三十年代大上海的十里洋场帕——兜（派头），绅士风度，君子举止，侍应生谦恭，仆役般识相眼力，燕尾服，紫领结，从容含笑，举手投足，温文尔雅，令听众倾倒。小作家们摇头摆尾，垂涎欲滴，越羡慕就越嘲笑，频频击掌点头，然后抖一句小机灵的取笑语包袱，发出哄闹的笑声。胆子大的翩翩起舞。本来认定自己跳起舞来一定会使绊摔跤，害自己或舞伴失足跌倒的大成，怒从心头起，恶向胆边生，舞池蹭鞋底，脚下乱生风，居然从足尖足掌的运动上越来越找到了美好感觉，有几次他确实陶醉于音乐旋律，更陶醉于在怀在手在舞曲中的货真价实的女子舞伴与"蓬拆拆"节奏。他蓦然觉悟，贫下中农压根不缺少交响的感受，节奏的天赋，音乐的细胞，旋律的神经，贫下中农中有多少与大成一个样儿的，比大成强一百倍的人，几千年来被压抑被剥削被污辱与被损害了，然后才不会跳舞，不敢跳舞，也就不喜欢跳舞了。什么叫伟大的时代？那是一个让鱼鳖村的贫农儿子，不但上高中，而且上大学，不但当干部而且写诗，不但坐飞机而且蓬拆拆跳起舞来的时代哟！

傅大成得意于身在福中极知福的缘分，充满了幸福感满足感。又困惑于《夜上海》《香槟酒气满场飞》《月圆花好》《给我一个吻》这些沉睡几十年的似乎是早已告老的伴舞调子堂堂正正地重新响起——会不会引起复辟倒算，动摇土地改革与社会主义改造的翻天覆地？当然不，一切都是好上加好，更好忒好越好就越社会主义！他们尤其惊异于六人组老年乐团将《何日君再来》演奏得大气磅礴，敲敲打打，筛筛抖抖，像进行曲典礼曲赞美曲战斗曲。《何日君再来》的作曲者刘雪庵一度涉嫌汉奸，后来又说刘的遭遇完全冤枉。莫道人生苦太短，千姿万化恁依依。沪上和平见旧致，重归舞场君再吹。莫道纤管或低微，转眼花花世界回。高歌何日君再至，乐奏铿锵欢乐归！

上海本地人则介绍说，这个和平饭店里住过参与抗日战争结束后国共两党军事调处的美国五星上将马歇尔，住过《别了，司徒雷登》里的那个后来当了美国驻华大使的原燕京大学校长司徒雷登。还有超大明星卓别林，还有特大作家萧伯纳。"还有我们"，接着还讲了几个在场者的姓名，大言不惭地做这样的宣布的当然是从北京来的作家。

与没有坐过飞机的人，都传说发生了飞机到了地儿、打不开起落架轮子的狼狈故事媲美的是，上海友人不止一个给傅大成讲授上海人坐飞机吃螃蟹的高端传奇。说是上海人乘机飞首都北京，需要一小时四十五分钟，一位先生，更可能是一位女士，登机后开始吃自带螃蟹，用的时间是沪京飞行全程所需时间，她细腻准确地吃了至少一个半小时，她吃得干干净净，关键在于，吃完后，她把掏空了的螃蟹壳包括蟹身蟹背蟹腹两只大钳子和八条腿壳，再全部集合起来，恢复了完整无缺的螃蟹全部外形，无缺无损无变形处，与刚刚出锅的螃蟹绝无二致。就是说，她没有搞出任何蟹腿蟹壳的碎片碎屑来，一个全部掏空吃光，一个完整无伤，这就是上海的质量，上海的匠心，上海的精明，上海的技术，上海的标准，上海的验收。听听上海人吃蟹的故事，对比一下傅大成兴奋地与比他更兴奋的上海同胞同袍们同吃被尊称为"大将军"的大闸蟹的情景吧，吃后看看自己眼前的惨不忍睹的桌上风光吧，傅大成认识到，他吃螃蟹，至少百分之六十三蟹肉是糟蹋掉了，蟹肉残留乃至大规模地保留在大大小小的壳子里，壳子是百分之一百二十地捣烂了，能算成他吃到嘴里的蟹肉大约是全部蟹肉的百分之二十三，还有其余百分之十四他是带着扎嘴硌牙的壳屑吃到嘴里，咽不下去，拉嗓子，卡嗓子，最后只能再吐出来的。大成想到这里，认识到这里，从静安宾馆的高楼上一头跳出去的心思都有了……

到北京，傅大成感觉了自己格局渺小。他在北京扩展了心胸，提升了视野，拥抱了世界，联通了天地，积蓄并开始释放了能量。到上海，傅大成感觉到了自己的粗陋、落伍、愚拙、傻帽儿。他在上海突然刻骨地触到了城市、现代、时尚、服装与餐饮，更不要说上海人过日子的细心、聪敏、适意、得体、精明得当恰到好处。北京使他知道了生活的阔大，上海使他感觉到了生活的精细的幸福与必须奋力前进，上海使他知道了自己离时代，离现代化还差老鼻子喽。

过后，他又产生了怀疑，在飞机机舱里吃螃蟹，那气味能不受到群殴吗？

而更更令人难忘的是他们在国泰影院观看了电影《小街》，痛苦的故事，表演得那么委婉与柔情，不，绝对不仅仅是控诉了一次政治运动，更是表现了恻隐、爱怜、帮助、同情、母爱、闺情、哥哥、弟弟、妹妹，尤其是并没有提一个字的恰恰是爱情。不着一字，尽得风流，要在梅花桩上搏斗才见本事，要带着羁绊起舞才显风姿。在人间，最最温柔的抵御着最最强暴与残酷的，最最凄婉的硬顶着最最威吓与迫胁，最最软弱的，也是最最顽强与不可战胜的。太久了，他们没有看过这样的电影，他们已经开始忘记一些善良的小人物的际遇；太久了，他们没有设想过哪怕是空想过这样含蓄的故事，没有听到过这样绝对不一味悲伤也不全是忧愁的缠绕于心、搅动于腹的剧情人情事情。他们都流了泪，他们也都知道他们可以寻觅到，他们理应创造出更深沉也更有力、更宏大也更高远的心绪、记忆、发酵、语言与交响乐章。

与故事、人物、风景、遭遇一样重要的是数学，是最简单的算术。到上海，停留5天，120个小时，参会人数36，会务工作人员28，参加会的与做会务的人数共64，对于文学来说，这是个盛会，是个规模不小的集体活动。但大成与小鹃的感受更像一次双人活动。双就是

2,2就是双,2>1,2<3,傅大成与杜小鹃加起来人数是2,就是说每次外出活动,除去此2人以外还有62人在场或可能在场。然而为什么这两位朋友将此次上海的文学笔会当做了、看成了、想成了、感受成了,最后也记忆成了两个人的会见与交谈、接触、触摸、对话、对接;仅仅是1+1=2,甚至是1+1(仍然是)=1了呢?

"我看了《无法投递》,我觉得好像没有写完。"

"谢谢你,你说它没有写完,我真高兴,我总算是投递给了一个可以回应的朋友了。但是那信,只能说也是冒了傻气。"

"傻气也是勇气。而且还要寻找。"

"我喜欢'寻找'这个词。在满天的繁星中,我寻找着你,我凝视着你,你知道吗?这是邵燕祥大哥的诗。地球寻找火星。呓。"

"知道。那一年我已经十六岁了,我辍了学,我在乡村,在打麦场上,我们看星星更清楚,我们更关心的是'龙口夺粮',要在降大雨之前把小麦打出来。说是那一年地球离火星近,这样地靠近,六十年才有一次。"

"六十年,太方便了。我们用肉眼就能看到仙女座大星系,她的直径是二十二万光年,我们看到她,用了二百五十四万年,就是说,她离我们的距离是二百五十四万光年,她们之间最远的两颗星星,要交换一次信息,双向要走四十四万光年。"

"仙女,那是我寻找的。你的寻找,应该是火星或者天狼。"

"现在想的是……《小街》。一个俞,一个夏。一个哥,一个弟,一个妹……要说的是,我们跑了那么远,我们来上海就是为了看一场电影。你同意吗?你明白了吗?上海国泰,无与伦比。购票看了一场电影,并且一起研究了火星与仙女座。一九八二年,十一月六日,十月革命节前一天。生活,有电影和远方,更有眼前与身边。"

"《小街》里,他们俩还是他们仨?也许,一切其实更复杂,所以我希望它可以简单。"

"毕竟不是星星。孟子说,博学而详说之,将以反说约也。博与详的目的在于简约。我送你两副手套。毛线的,是我自己打的,打出五个手指头来,手艺还可以吧？连指的棉手套,也是我自己琢磨出来的,有点笨,笨与傻气同样是'无法投递',但是暖和,我想象。Z城的冬天会很寒冷……"

"我……我怎么好意思,让你辛苦,我怎么配……真高兴。"大成觉得自己脸红了,灯光比星光更能照出脸上的红晕。

"我没有那么开心。我做得不好,怎么做也还是有点不对劲儿。"

"……上海真好。"

"我爱北京。"

"杜老师,你的《无法投递》……"

"大成,请不要叫我杜老师,叫我小鹃,拜托了,要不我走了。"小鹃几乎流出了眼泪。

"好吧,那个,那个,杜小鹃,对对对,对不起,小那个鹃,小鹃,我只是想说,《无法投递》中最感动我的是你讲到安徒生《海的女儿》的那一段……"大成叫出了小鹃,脸都红了。

"不了。不知道为什么,今天我不想谈安徒生与《海的女儿》,也不想谈《卖火柴的小女孩》与《丑小鸭》,我不是丑小鸭,也没有卖过火柴,告诉你,我不是海的女儿,嘲笑了我半天,你肯定的只有安徒生而不是《无法投递》,这其实是贬低我呀……一个女人,老是强调自己是丑小鸭,那只能是疯狂的自恋与撒娇,然而,一个女人不自恋又从不撒娇,那她活着还做什么呢？"

傅大成糊涂了,他无法再与小鹃谈下去。然后小鹃笑了,她笑得很美,然后两个人都笑了,笑声随风而散,风声因笑而变得舒适。傅大成轻轻地念叨："杜老师厉害了。知我者谓我心忧,不知我者谓我何求。"

杜小鹃果然回头走掉,然后是大成悠长与甜蜜的叹息。

第十章　火星、仙女座、窑子货

　　……上海之行带来了大都市病毒,带来全家病痛。大而笨的连指手套与坤式毛线分指手套,就是赃物,就是含情脉脉,亲昵礼物来历不明罪。白甜美心知肚明,一个女人,哪怕送你一条法国领带、一瓶XO白兰地、一只瑞士大英格手表、一身意大利华伦天奴西装,也不过是说明她趁大团结(指当时的最高额十元人民币),她购得了一点商品,送给你的是到处只要花钱都能买得到的商品,是能够购买也能转售的明码标价物件,那时候文件上也大讲有计划的商品经济。一个女人要显示她买得起几样物品,她要向你表示慷慨与好意,告诉你你对她好、为她办事,她不会亏待你,她可能求你办点什么事务罢了。而此人把自己的做得歪七扭八的狗屁活计送给你,她居然不嫌寒蠢丢丑,孩子爸爸居然不嫌简陋粗糙添堵恶心,这就真是出了怪事丑事了。送这种手工活儿,是二房行径,这是不要脸的婊子,这是等着孩儿他爹坏良心……她噙着眼泪将自己的分析判断尽量委婉地告诉了儿女。儿女佩服妈妈的精明,更佩服妈妈的视野日益开阔、知识更新、信息升级,一点即透,不点也明镜儿似的,眼里不掺沙子。儿女为父亲出了这样的事而不能不感到大难临头。

　　大厦欲倾,回天何人?阿龙与阿凤他们去与爸爸谈心,爸爸显得理亏、脸红、咳嗽、扭动嘴唇、龇牙花子。只能反复地讲,不是那么回事,不要胡思乱想,不要一见短袖子,立刻想到白臂膊,立刻想到全裸体……鲁迅早已如是说。

大成说:"孩子们,我不是你娘想的那种人,我是诗人,我是小说人。我们要的是水中月与镜中花。诗是幻想、遐想、空想,想的是字儿,吟安一个字,捻断数茎须。人生自古谁无死,留取丹心照汗青。汗青就是竹简,犹如现在的纸张,竹子出净了汗,才能在上面刻字。我们的爱怨情仇都落实在青色的竹简上,不是炕席上。我们追求的是虚拟的美丽,是符号的美学,包括音、形、义、排列、编织、颠倒与取代、假设与可能,是云彩边上半隐半现的光环,是因为不太能得到而成为永远的念想,因为是彩霞一样的美丽,所以永远摸不着,够不到,够着了,捏死了,也就没戏啦。而且小说是冥想,是虚构,小说恰恰正是望梅止渴,是画饼充饥,是庄生化蝶,是黄粱一梦,是远看山有色,近听水无声,春去花还在,人来鸟不惊,画上的美人,是变成庄子的蝴蝶,是杜鹃啼血,是身无彩凤双飞翼,心其实哪儿来的'灵犀'?随便叫你通?叫做心无灵犀何以通?最后只是梦为远别啼难唤,多少流点眼泪,'蜡炬成灰'尘,泪也不干,泪能排毒、杀菌、润滑、改善视力、释放情感,赢得怜悯与认同。为了一丢点儿浪漫主义,为了语言的实现与感动人,不怕发疯,不怕杀头,不怕冤案,不怕遗臭万年,笑骂由他笑骂,好书我自写之,这样才有了文学。我追求的只是文学。学数学当然不等于分赃与数钱票,学文学也不是为了偷鸡摸狗的苟且不雅之事。你们的娘她不可能懂得,她现在已经是突飞猛进,一日千里。我都佩服她,XO与华伦天奴,她都通了懂了,远隔五十米她都能闻出味儿来,判断出品牌来。还说什么来着?大英格儿倒是早在中国出名了。她是个人物,她比我强,所以她用不着文学,她懂干活、操作、经营和运转,她挣的比我多。你们现在,你们早晚,你们有明白你爸爸的那一天。"

"爸爸,我相信您说的是实话,您确实想说实话。我们不想了解得更多,但是生活不只是文学,生活是咱们一家四口。您如果做出不合适的举动,您会毁了这一家,您一定先毁了妈妈,毁了您自己,毁了阿凤与我……这是现实危险,是悬在我们头上的达摩克利斯之剑,是烧向咱家的一把毒火。我讨厌那个我们没有见过的装腔作势的女作家,从她的窝窝囊囊的手套上,我觉得她与妈妈根本不在一个量级,她肯定是一个装腔作势的笨蛋,是剥削阶级的寄生虫。文字算什么?写作算什么?妈妈首先是一个人——好人,杰出的人,劳动的人,你找不到另一个的人……"

"我知道,别说了,别说了,我知道。"大成哭了,用手势拦阻儿子,不让他再说下去。

"爸爸,如果你对不起妈妈,就别想着我们还能对得起你!"阿凤没有辩论的兴致,她只说了这么几个字。

女儿的强硬使大成一惊。他忽然想到自己的不得体,给儿女们大讲文学。简直是闹笑话,儿子、姑娘,从初中就当文学课程的课代表,他们整天听教授讲师讲中国古代文学史、外国文学史、文学概论、现当代文学、古代汉语、现代汉语、写作指南、名作欣赏……

他想起了与小鹍在一起的大上海快乐时光、欢笑时光,对话机锋,诗歌小说,旁征博引,尤其是翩翩起舞。与小鹍共舞的快乐如同进入了神仙世界,音乐响起,节奏清晰,美女在怀,美情在心,美步在足,美意在搂腰的手,文质彬彬,文明优雅,文思如酒,文学与音乐,朋友与社交感每分每秒都令人骄傲陶然,也不无飘飘然,翩翩起舞的醉迷深入骨髓。

然而……快乐的另一面就是罪恶。恶就是罪,罪就是恶,罪恶就是恶罪。遗憾前进一步就是疑心,就是灾祸,就是毒火。怎么能埋怨妻儿的封建性老旧猜疑心理太重呢?跳舞时搂在一起蓬拆蓬拆时首先产生了警惕的疑心的并非他人而恰恰是傅大成自己!他的北京之行上海之行的快乐的要害在于,这前所未有的快乐与满足只属于妻子儿女之外的另一个孤家寡人的自己。他的快乐以排除自己的家庭成员为前提,为必须。他的快乐为什么突然变得这样深度利己?力排他?恶度无耻?还是小度迷误?是误信了飞机的轮子锁到了飞机肚腹拽也拽不出来,还是误信了吃完螃蟹黄白肉脂——螃蟹却仍然保住了原形原状完整无缺？是热昏了心，还是错会了意？

他想起在上海时女儿给他的信。女儿说到两年后她毕业后的就业出路，一个是去离Z城不远的省会P城第二中学当教员，一个是P城属丰兴市新成立的紫丁香女子乐团。乐团早由最近红极一时的歌手许丁香领衔建立，她是阿凤的中学同学、闺蜜，她高度喜爱阿凤的嗓子和歌声，虽然阿凤并没有像丁香那样接受音乐教育，但是丁香坚决认定阿凤是唱通俗歌曲与民族民间歌曲的好苗子，是真正的天才，是不鸣则已，绝对一鸣惊人的潜星。大成恍惚听说孩子她妈反对，禁止女儿出头露面去唱什么歌儿，而他这个爸爸竟然没有与女儿交谈商议过。

嗯，儿子女儿，有一个中年老年的爸爸也正在致力于成为写作明星，而且缠上了或被一位女诗人、女小说家、女教授缠上了，教授本来应该好一点的，问题在于她是英国文学教授，野蜂飞舞，灾星扫帚降临，鬼机灵一亮一亮，风骚一波一波，这是多么晦气啊。

"等等，小凤，咱们说说你的前途的事儿。"

阿凤转过了身，看着她爸爸，有不少怨意，她噘了一下嘴，说："过两天再说吧，您现在哪里顾得上我？"她起身飞快离去。

大成只觉一团杂草堵在心里。这是一个大发展大变化的时代，这是一个突然改变了许多，倒塌了许多障碍的时代。这是一个人人都可以奔、可以追、可以想、可以相信点什么、念想点什么、卖点什么块儿、玩点什么花样、生点什么花心的时代。现在居然大唱路旁的野花你不要采和别信那些凑过来的小妹妹！人人都敢操心也敢操扯自己了，为自己的发展为自己的满足，为自己的幻想更为自己的美妙隆格儿隆而异想天开了。尤其是又读俄语又写小说，还写诗，还是一个早婚早养儿女的傅大成先生，是一个有幸生活在二十世纪的城市，却以十九世纪的偏僻的农村习惯娶了一个完全陌生的女人的傻小子。而这个女人是一个无知却又聪明，无教而又忠诚，无恋爱而又温热如夏天的风，无尊贵意识却自有道理、自有主意，精明如商、技能武装、顶天立地、绝非等闲的角色。是一个时时让他敬、让他畏、让他依靠、让他馋嘴的大媳妇,又是一个永远无法与他对话与他交流与他互触灵魂的纯洁得贫乏、天真得愚蠢、忠诚得简单、廉价得好使好用少情欠趣的媳妇。啊,想想他怎么与甜美诗话,他怎么与甜美跳舞,他简直痛不欲生!他无法想象自己有什么爱情经历。就是在延安,毛泽东周恩来也参加舞会的啊。

要不,这仅仅因为他傅大成太文化了吗?一个白媳妇,一个挣钱能手,一个好妈妈,她有什么必要知道假如生活欺骗了你?她从来不欺骗他人,也绝对不会轻易吃亏上当叫他人骗过。难道这还不够吗?她如果努力去研讨假如生活欺骗了你,那才是真的无可救药地让自己欺骗了生活加你呢。她有什么必要去知道陆游与唐婉的红酥手,黄縢酒,满城春色宫墙柳?哼哼,白甜美不知道这玩意儿,也不知道探戈与狐步,不知道恺撒皇帝的圆舞曲。傅大成只不过是刚刚破壳而出的雏儿,开始知道那么一点点这些,他的儿子与女儿知道这些。他整天琢磨这些,他明明不是普希金,不是苏东坡,也不是邵燕祥,更不是约翰·施特劳斯,他却有资格轻视甜美不知道这不懂得那了?臭大粪啊,他这个不折不扣的混账浑蛋啊!

不,他不可能成为他人,成为陌路,他是滨海县鱼鳖村人,是白甜美的丈夫,阿龙阿凤的亲爹傅大成。

……随她去吧。

从上海回来以后,小鹃给大成写了许多书信。

后来大成给小鹃写了也回了一点书信,他自认为,发乎情,止乎礼,他掌控着一切文句、标点、段落与频率,小鹃也会明白,他们是很好的文友,他们的切磋交流是文艺性、高端性、学科性的,他们的友谊值得珍视。如此而已,岂有他哉!

没想到的是,一九八三年秋季,小鹃将这些信做了编辑和修辞、延伸和变奏,加上了漫画,加上了诗词,悬疑和游仙手法,加上了对年代、对风貌、对岁月和风月的勾勒刺绣,加上了元小说,例如注明风貌、岁月、风月三个词在王永民发明的五笔字型输入法中重码，在五笔字型中，"岁月"就是"风月"，"风月"与"岁月"就是"风貌"。它们变成了小鹃的柏拉图式小说新作，题目为《并不是情书》。男主角名火星，女主角叫仙女座。

作品一开头，作者小鹃声称："一批书信，是笔者偶然'获得'的，笔者受到了感染，同时觉得有趣。笔者乃以七十一封书信为素材，作了加工、改造、重写、引申，明修栈道，暗度陈仓，旧瓶新酒，老树新枝，文学虚构，遐想联翩，姑妄言之，姑妄写之……"

大成当年写下的读《无法投递》的感想散曲"五迷三道，怔怔磕磕。横空出世，额头撞破。东一榔头，西一棒槌……你是在说什么，哭什么，闹什么……"，被引用到男主角火星给女主角仙女座的信上，而后，"编入"了《并不是情书》中。再后，"笔者"写道：文媚诗悲泪更痴，随心吟咏且由之。驴唇马嘴黄莺泣，匆匆未误花飞时。

不论小鹃的《并不是情书》使用了多少她与大成来往的素材与细节，毫无可疑之处的是，她的文体百分之百只是小说，一个仙女座，一个火星，凌虚蹈空，气象惊人。其中仙女座给火星写的信中有百分之五十确实是出自她给大成写过的信，也就是说另一半纯粹是她的小说虚构；而《并不是情书》中火星写给仙女座的信，有大成的真实信件作依据的，到不了百分之十，就是说火星的主要部分是小鹃的杜撰，与傅大成极少干系。一个懂行的读者略略一看一想，就会判定火星与仙女座的通信委实并不是情书，不是一男一女的相互通信，而是出自同一个女性、同一个作者的执笔。真的，这篇作品不是实情。不是情书，不是爆料，这篇作品说明的是他傅大成与杜小鹃瓜葛有限，他们谈不到有爱情。她一人追求的是爱情、隐情、私情的小说化、文学化、抽象化，也就是爱情的非爱情化。她不是通过此作给大成写示爱求爱的书信。所以越是实在的地方越要写得哲学、天文学、玄虚、神秘、抽象、夸张、离奇，最好是荒诞，荒诞化是小说家解脱困境的一个好办法，不是让你相信，而是让你不相信所写的确有其事，进入了荒诞胡扯，就是进入了自由王国，越抡越圆，越扯越神，越奇越动人，如入无人之境。因为你准备好了预应力，等于是在故事影片放映以前先放映一行字幕，后来叫做"免责声明"：本片全部虚构，如有雷同，纯属巧合，勿谓言之不预。

《并不是情书》引起了很大反响，有说是解放突破、新的观念、新的尝试、新的文体、新的开拓的；有说是看不懂，无主题、无情节、无生活依据的"凌虚蹈空"之作的；有说是我们的文学缺少的恰恰是蹈虚凌空的虚构胆略与想象天赋，倒是大成见了评论家的"凌虚蹈空"四字，只觉遍体轻松，包袱放下了；有说是"并"作，乃是对于灵魂与生命的求索，是对于庸俗社会学的颠覆，是真正的艺术升华，是文学的高峰陡起；有说是背离了现实主义的伟大传统，背离了曹雪芹与吴敬梓，巴尔扎克与托尔斯泰，鲁迅与茅盾，跌入了现代主义泥淖，走上了邪路的；有说是耳目一新，读了《并不是情书》，觉得生活变得不一样了，阅读变得不一样了，文学变得不一样了，自己变得不一样了的；有说这根本不是小说，只是任意随意的散文东拉西扯；有说是小说里有女权主义，有新时期的莎菲女士，有后现代后五四后"文革"后伤痕；有说是虚无主义、剑走偏锋、伤情滥性、倾向不端的。

更加令人尴尬的是几乎与《并不是情书》发表同时，所有的文坛人都传说此小说写的仙女座就是北京杜小鹃，而火星就是Z城傅大成。他们俩拍拖的恋情正在演绎，正在走红，正在绯闻化。绯闻具体到了上海笔会上二人上床的细节，据说绯闻已经上了新华社的《内部参考》，并引起了某些关注与指示。尤其是，在这篇新作里，作者没有署名小鹃，而是用了新的笔名远程。一下子出来那么多注疏：远程即是Z城，这是一；远程即yuancheng即Y城，Y与Z只差一小步，这是二；远程就是怨大成，就是杜小鹃的爱得不到傅大成的回报，不能不怨而怼之，痴心女子负心汉，中外古今皆难办，此三；不是怨诚，而是冤诚，女人的爱是奉献，是牺牲，是痴迷，是我不下地狱谁下地狱，在欧洲是投入火焰，在中国是骑木驴游四街，女人献出的是生命与尊严,得到的是污辱、蹂躏、酷刑与折磨,至少如《小街》里张瑜扮演的俞,你只能无影无踪,就地蒸发,而男人对爱情的理解是占有,是戏弄女子如玩玩具,是奴役,是显摆风流,十年一觉扬州梦,赢得青楼薄幸名,爱情是女人的冤大头,是女人的诚与男人的得陇望蜀,喜新厌旧,四;远程就是原惩,就是原罪,就是性之冤之原之渊,爱之罪之醉之蕞,五。

小说家最反感的事情之一是阅读人的对号入座,对号入座很可能变成对小说写作的扼杀。但是文坛对号入座的低俗与平庸,生硬与不符文学常识,丝毫不与小市民的对号入座拉得开距离。甚至于,即使在欧美,不论怎样宣示写作的自由,也还是多次发生小说诽谤司法案件,这样的官司当中,有多次是小说人败诉,不得不自称冤屈万分地赔钱、道歉、停止自家作品的发行与传播。还好的是,白甜美没有太认真地阅读这篇《并不是情书》,白甜美并无阅读与审读习惯,白甜美对送手套的反感仇视警惕,大于一篇跩得你五迷三道的看不懂的酸曲儿酸文字儿。但白甜美还是读了几段,似懂非懂,她的文学评论更一针见血,见血封喉,一语中的,简明扼要:"这个娘儿们,是窑子里的货。"

第十一章　只不过是想念你

杜小鹃的《并不是情书》发表以后,一位德高望重、年已六十七岁的老作家名叫廉方正的,写了一篇文章,对杜文同情理解得无以复加。传说这位老革命老文人,并且是精通五国语言的老学问家给小鹃寄了非常名贵的养生补气血中药,内含野山参与虫草。或谓此公陷入了对小鹃的爱河,是在捧坤角儿?又都说绝非,老文学家一生圣洁纯正,与自己的革命伴侣共同生活五十余年,从金婚正在走向钻石婚,是踏实与干净的榜样。说是他所在的省妇联,已经有人发起将他树立为五好男人五好丈夫,将他们家树立为模范家庭精神文明标兵了。廉在各种报刊上频频发表了一些散文杂文,提倡人道主义,喜欢旁征博引,向往经典,陶醉文学,鼓励富有探索精神的新秀才俊。这位老人,历次政治运动中也屡受责备,但关键时刻又由于他的非同凡响的资历与人望,受到权威方面的保护。小鹃得到廉老的青睐,这使大成也感受到了安慰。毕竟不同了,制造一个一边倒的文学案件,亦非易事。

"情书"发表后,家庭陷入阴霾,龙凤都深锁双眉,一再向父亲发出了最严重的警告。大成痛切表达了维护甜美与子女的决心,他决绝地停止了与小鹃的通信,而且寄去了一封信,信纸上只写了一个字"不",加一个惊叹号"!"。

不通信了,他觉得自己更好,甜美更结实,阿龙更光鲜,阿凤更活泼。他表明了态度,他支持阿凤与她的闺蜜许丁香联手创业,他支持女儿还在高校没有毕业以前就去参加紫丁香女子乐团的演出，试唱几个歌，热热身，摸摸观众反应。

大成甚至觉得，停止了通信，死了心，杜小鹃也变得更高雅、更深沉、更诗意、更纯净、更温柔，也更克己，如仙如道姑，如女神如雕像，如绘画如舞影，如梦如歌如春风传来的笑声了。她正是二百五十四万光年外的仙女座，居然耐心地在二百五十四万年以后把二百五十四万年前的星辉闪光照射到他庸凡麻木的身上。偶然想起来掉下一滴眼泪。二百五十四万年前的仙女座，这意味着什么呢？神女座仙女座再神再仙，到达他这里也要等到时隔不可思议近于无穷大之后，你想想，这又有多么忧伤，多么哀痛，多么惨烈！距离带来了希望的无望、远望的绝望、纯粹的虚无，然后才有了安全，才不至于像一个臭虫一样地被一指头捻死，外带一丝丝近于零的甜蜜，还有诗情，还有什么都不会有的坚定。

当大成在信上对小鹃说"不！"以后，一连几个月过去了，小鹃这边没有了一点声响，这像里姆斯基-科萨科夫的名曲《野蜂飞舞》，野蜂带着血毒的刺，嗡嗡一阵子就飞回到原始森林里去了，听这个曲子，你会欣赏提琴的神艺，你更会感动于演奏完毕后的流连与安宁。小鹃也像画上的仙女，与他相会，倩影流连，无所不至，然后，仙女一笑回归画面，静静地挂在墙上。他这里剩下的是零的记忆，是无比的静。流水落花春去也，天上人间。

但是一九八四年春节前，大成接到小鹃电报："已买好去Z城的火车票，我去看你。"

把大成吓坏了，他花费了差不多半个月的生活费用晦气得哆里哆嗦地在邮政支局打了长途电话给小鹃，他声音抖颤地发出了警告："你不要来，不能来！我明天就回滨海鱼鳖村老家了。不回老家我也不可能见你。"

他心怦怦地跳，他已经不能再照顾哪怕一点点杜小鹃的心情了，他引用了老作家谷峪的一篇受过批评的小说的题目：强扭的瓜不甜！

同时来信与回电话的事也不能让甜美知道。

后来,《江河诗报》上发表了署名"鸢橙"的诗,《只不过是想念你》:

只不过是想了想你,
没能忘记,
没希望、没要求、没什么戏,
想着你到底是
想我了还是真的没想,
听着你没声儿没语。

我想了夏夜流星,
我想了断线儿风筝,
挣拽着上了高空。
想了骏马受惊,
跑过一座座山峰,
在那里哭叫声声。

不要说想念有多痛,
能爱才能疼。
大山一样沉重,
沉重再沉重了,
有那么点儿像爱情!
啊,我的爱情没有回应,
几分飘荡,
几分轻盈,
飘去了,随着阵阵风。

我想故我在,

我只在我，
我必报应！
相互映衬着的生命，
我们痛苦的眼泪，
相互证明。

就这么想啊想啊想，
想你啊你啊你你你，
直到风不吹了笑也停，
四面是冰雪严冬。
想念是福，
相思是命，
相爱要誓言无声，
潜伏就永远忍痛，
我的你的，
真的哪怕假的，
未、了、想、念、情！

　　大成凄然惨淡，把《江河诗报》藏了起来。几天后发现不见了，只有长叹。

　　到一九八四年暑假，尚没有完全结束学业的阿凤，开始了在紫丁香女子乐团的试验演出。返场时候，新人阿凤加唱了一首新歌：《未了想念情》，她选择的是半朗诵半唱歌的路子，而且把歌词改得更通俗押韵。只不过是想想你……听着你没声音没言语……她的声音温存，奇怪的是带上了阿凤特有的应该说是半冷不热的讥刺的表演性，通俗歌曲的这种讥刺的表演性调子后来遍及滨海与Z城，这是阿凤一代与大成甜美一代的一大区别。大成他们那一代唱起来是真哭真笑，阿凤他们是表演哭表演笑，既为哭与笑而动情，又为哭与笑而嘲讽。想了夏夜的流星……在那里哭叫声声……她唱得潇洒，甚至像是含笑复含泪的歌声，含唱的自语，欢笑里不无苦涩和无奈，含笑中泪下如注。然后突然，她疯狂地喊叫：……想念、想念着你，直到风与笑慢慢止停，四面是冰雪严冬。想念也是福，相思也是命……最后是泪如雨下，重复了两遍：相爱要誓言无声，潜伏就永远忍痛，我的你的，真的哪怕假的，未、了、想、念、情！

全场沸腾。

大成听朋友说到了女儿在歌手生涯开始的时候，唱红了杜小鹃的诗《只不过是想念你》，他大吃一惊。暑假期间女儿在丰兴市演出正忙，他联系不上，问阿龙，也不知道妹妹什么情况，阿龙只是告诉父亲《P城晚报》上刊登了一则文娱信息，说是紫丁香女子乐团的暑期演出成功，新人阿凤，声音甘冽，表演诚挚，台风纯朴自然，收放随意，挥洒自如，一鸣惊人，还提到了她演唱了女诗人鸢橙的新作，更名《未了想念情》。说到这儿时，阿龙鼻子收缩了两下，嘴上做出一种厌恶的表情，大成没有敢再问下去。

两周以后，大成终于找了一个时间，农历七月十五盂兰盆节（鬼节）头一天晚上，他到了丰兴，花二十五元买了一张票，躲在后排一个角落，等了又等，终于等到了聚光灯下闺女出场，唱她妈妈的潜敌，她爸爸的潜伏于北京的疑似恋人的诗之歌，他确实无法明白，这又是谁的构思、谁的导演、谁的脚本、谁的指挥；这是胡扯，这是混乱，这是布朗运动，是小小的分子在液体中无规则地乱冲乱转悠，是老戏《花田八错》，老天爷错出轻喜剧，小丫鬟错出好姻缘，男男女女，相吸引相结合，本身就大错而特错，越乱越有福，越错越可爱，错得男男女女热热乎乎，越荒唐越有票房与市场，错出鱼的水，错出笑的风，错出仇的爱，错出唱的没边儿。

小阿凤一炮打响。白甜美经营有成，她组织的国画班、书法班、油画班都十分受欢迎，并且还在准备教授刺绣、手工艺、京戏、京胡、笛子、大阮，直到教你说相声。Z城妇联前来考察，并在一九八五年三月八日授给她"Z城三八红旗手"称号。但是对家里的事她益发忧心忡忡，大成的情况她没法放心，她估计得最充分也最悲观。闺女唱起歌来对于她也绝不是吉兆。好女孩怎么能那样出头露面，优伶再进一步就是娼，她没上过太多学，偏偏懂得优娼二字。

至于阿龙，他的心思放在出国留学的前景上面，一位老师与他商议着，而且妈妈表示支持，第一步，妈妈说可以为他筹措两万美元。他皱着眉头，留学还是娶媳妇？他为之拿不定主意。在他本人正在考虑成家立户的情况下，爸爸闹起什么似有似无、自身坚决不承认的第三者婚外恋，令阿龙心烦讨厌。

傅大成躲躲闪闪，心不在焉。阿凤唱歌成功，是凶是吉，他本来也有点二乎，怎样辅导下一代人的人生，他左右为难。从理论上，他支持阿凤冲一冲自己的生活之路，他反对一切的保守与控制下一代企图。但是《P城晚报》上将阿凤的名字往娱乐圈里引进，他还是有些不安。阿凤居然是唱杜小鹃的歌词而走红，更是荒谬绝伦，是上苍对他对全家对杜小鹃的戏弄，是他的报应。杜小鹃已经宣布了，"我只在我，我必报应"。大成知道这话源自《圣经·罗马书》，它出现在《安娜·卡列尼娜》的卷首页上，原文是：申冤在我，我必报应。这话太可怕、太压迫、太残酷了。阿凤却在瞎唱。

见不到阿凤，他干脆给阿凤写了封信："孩子，这有点荒谬，这是那个你们不喜欢的人写的，这是预判，也许是诅咒。"他把信寄到阿凤的大学。

阿凤回信："是我从您那里拿到这首诗的。丁香团已经给作者付了歌词使用费二十元。您给我们讲了那么多，您自己忘记了这只是艺术了吗？您把艺术讲得多么潇洒，飘飘然啊，您做不到，我做到了，我只是为艺术而艺术罢了。我心里没病！您一定要治好自己的心病啊。想多了就什么也做不成了。我只是我自己，说的是感情，说的是感情不一定平衡与回应，不需要计算来往账目。报应当然是指好的报应，除非你是坏人，有了坏心，做了坏事，你只要不做对不起妈妈的事，你的一生吉祥。欢迎你为女儿写一首更加青春的歌曲。我的打算是,最多疯上八年,退出娱乐界,回滨海县教中学语文,还可以教音乐,我的识谱——当然是五线谱,超过了一些老歌手呢。"

读信后大成惭愧不已。女儿的水准似乎超过了他,后浪推前浪,新人胜旧人。他背诵女儿的话,只要不做对不起妻儿的事,一生吉祥。女儿的话语有旧约新约天启的风格,天使的风格。他暗自刺骨锥心,对天鸣誓:不做对不起妻儿的事。

这时候他接到中国作家协会对外联络部通知:一九八五年五月,参加作家团,作为西柏林举行的地平线艺术节主宾国中国的作家,参加节日活动并出访德意志联邦共和国。他反复阅读通知信函,并且打探北京朋友,确认此次出国人员名单中没有杜小鹃的姓名,他回答北京方面可以。他知道同去的还有十几名作家与媒体记者,还有演出团队,包括北京人艺于是之、英若诚、郑榕、蓝天野大牌出演《茶馆》,江苏昆剧团张继青大师,出演《牡丹亭》。他还会在西柏林见到在Z城见过面的台湾与美籍华人作家白先勇、陈若曦、高信疆。他越来越相信命运在于自己,幸福、聪明、灾难、破灭,一切在我,一切报应,归根结底是生于我,及于我,自作自受。这并不是弥赛亚即主的宣示,而是每一个可怜与可爱可敬的生灵包括傅大成自己的朴素感受。

第十二章　一九八五年西柏林地平线上

这是一个大开眼界的时代,这是一个怎么新鲜怎么来的时代,这是一个突然明白了那么多,又增加了那么多新的困惑与苦恼的时代。有人说,是红灯绿灯一起开的时代,天啊,红灯绿灯一起开,你能不分裂吗?报纸上甚至出现了"松绑"与"闯红灯"的口号。"观念更新"的说法,更是时髦摩登,但是作为滨海县鱼鳖村贫农的儿子,他直觉观念更新的说法可能太廉价。世界上有那么便宜的事儿吗?观念是想更新就更新得了的吗?观念是电门?这么一拧就开那一面的三盏灯,那么一关,就熄灭头几年整天开着的这一面的八盏灯?一九八五年倒是难忘,更新的可不仅仅是观念。大成他们先到了北京,一夜激动,在凌晨,中巴考斯特把他们送到了首都机场国际航班候机楼。护照、边防、海关,穿着不同制服、不带笑容、责任如天的工作人员,表格、签名、法律与政治责任,界限、标志、出境章,咔!从北京起飞,乘坐汉莎航空公司 DC-10——道格拉斯-10飞机,飞往西欧。道格拉斯客机,由于安全性的瑕疵,此后完全停产了,大成第一次使用国际飞行器,亦属过了这村儿,就没了这店儿的珍稀经验。

与许多面相与文化殊异的欧洲人一道,闻着欧洲女人的似嫌浓烈的香水味儿与体气,还有机舱餐饮的咖啡、乳酪、果汁、肉桂味道,考虑了几秒钟不应该考虑的种族与肤色差别与特色,甚至于想到了,德意志与日耳曼民族的特异优秀与悲剧罪孽,就这样没来得及准备好分析清而糊里糊涂上了高空。飞机经停巴基斯坦伊斯兰堡一小时,然后飞到德国法兰克福航空港,然后换乘英航客机,飞西柏林。

这么一折腾就到了欧洲?法兰克福?柏林?这样的报纸上地图上常见,又与他的生活从来联系不起来的地名,突然成了他的贴身所在。他确实来不及有思想准备旅行准备,怎么说嘛就是嘛了,怎么不费吹灰之力就"日儿"蹦到了这么远呀?这不是做梦吗?他几乎是将信将疑。

世界真奇妙,不出门咋知道?亚欧交界处,欧洲一边是丛丛的绿,亚洲一面不知是不是沙漠的黄。也有人说并不是上苍苛待了亚洲,因为,几百年前,亚洲这边更富足与葱郁。

中苏关系恶劣,飞行在中欧间的飞机不能或不愿经由苏联领空飞向目的地,宁可走南线,经停或德黑兰或伊斯兰堡或阿联酋的沙迦。中国要善于利用世界的多重敌友关系,赢取国际处境的利我。绝了,头十年还是腹背受敌,而后却是左右逢源。这也是我只在我,我必报应。

而西柏林的报应一直是苏联与西方世界的一个重大矛盾所在。二战后,战胜的苏美英法分区占领德国,柏林则是四国部队分区占领。美英法占领区,一九四九年五月二十三日成立了德意志联邦共和国(西德),代首都波恩。德国苏占区同年十月七日建立了德意志民主共和国(东德),首都东柏林(苏占区)。西德无法建都西柏林,因为西柏林是社会主义东德领土中一个孤岛,苏联红军的巨大牺牲赢得了兹后的地图画法,柏林市位于苏占区,同时含有一小块英美法三国各自占区,连在一起称为西柏林,与苏占区东柏林共存对峙,原意显现的是二战中苏美英法的协同战胜盟友合作关系,二战结束后,柏林局势立即变成了苏联与美英法三国的死掐死结死磕。东德与苏联阵营决不承认被整个东德包围的西柏林属于西德领土,最多承认西柏林是美英法三国军事占领区,他们不允许西德的民航飞机飞越东德领空到西柏林。所以,中国作家访问团抵达法兰克福后,只能更换西方占领国航班飞西柏林。而为了防止东德民众"叛逃"西德,东柏林修建的柏林墙也成为二十世纪难忘的一个地理与国际政治景观。现在是傅大成等中国作家堂而皇之地进入这座被围的墙内市区来了。

大成的专业是俄语,十一届三中全会以来,他在自学英语,他订了一本《英语学习》杂志,杂志上连载了一个长篇小说《大空港》,描写的是在法兰克福机场发生的恐怖分子策划炸毁民航飞机故事。说什么,读什么,马上就有了什么,这是怎样的伟大神奇、开阔壮丽、惊心动魄!

现在傅大成是中华人民共和国作家,生于鱼鳖之乡,学于滨海之县,立足小Z,知名全国,乘汉莎而扶摇,到大港"美因河畔的法兰克福"(城市全名)而微笑,借英航而越东德同志,赴西柏林而友谊四面,交通八方,此何时哉?此何人哉?此何世哉?端端的非同小可!中国紧联着世界,世界注视着中国。他傅大成祖宗的坟头,伟大中国人祷告祖先以求保佑的坟头,大冒青烟喽您哪!

大成赞叹与惊异于飞往西柏林客人的超豪华待遇,不是一等舱,胜似一等舱,英航候机室里放着水果、面包、种种奶油与乳酪、咖啡、牛奶、酸奶,还有小纸盒的豆浆与玉米蛋糕,甚至不惜血本,上了利物浦产的巧克力与廉价的维夫威化巧克力。他真不知道是应该赞颂还是叹息西方世界的准斗牛士冲动,要向飞往西柏林的乘客显示西方优越,要摧毁大成不知道到底应该算是社会主义同志,还是苏联修正主义卫星国的处境不易的民主德国。而社会主义的古老巨大中国在经过大动乱之后走向新时期,成为本届西柏林艺术节的主宾国,仅仅作家就来了十五位,它的含义又将是什么呢?

团长是一位五十一岁的名人,他的小说作品早已引起了世界性轰动,也受到过打击,一棒子打趴下五分之一个世纪,好像装进了保鲜袋置入了雪柜冰室冻结,二十多年后取出,仍然活蹦乱跳,才华四溢,像打了维他命与葡萄糖溶液的兔子。副团长竟也是同样的命运,喜欢掉书袋,喜欢讲理论,哼哧哼哧地写了长篇小说,大成尚未拜读。本出访作家团里还有一位六十刚过的老大明星,占据过银幕中心,她的文字也无与伦比,歌颂新生活笔生彩霞,语出锦绣,哭了你笑了你又跳了你。从北京一上飞机,就被并不知道她是谁的汉莎空中小姐引入头等舱,明星就是明星,明星万岁!人的风度仪表谁能粗心大意?还有两位动乱加乱动时期的佼佼民间刊物作者,带着才气,带着不平,带着新意,带着一点点忧郁,若即若离,客客气气。再有就是东北作家中的老革命,参加过抗联,打过游击,后来又到了延安,充当了文艺战线的中高级干部,忠厚诚恳,方向端正,是大叔也是师长。三位"知青"作家,一位女性长着红扑扑的笑脸,种过十余年蔬菜,如今她的诗里由于意象的奇特被一部分读者欢呼,被一部分师长抱怨,说是她的诗朦胧,看不懂,可能是走上了牙(邪)路。还有一位评论家,一上飞机他就大讲刚刚访问一个友好国家的经验。他说他们与受访国的同行见面,说到中国当代文学走过了曲折的道路,对方作家立即强调,在该国英明领导下,该国的文学事业一直是沿着笔直的道路前进的。大笑的作家都感到了自身的幸福,面对曲折就是面对无数的情节与故事,面对笔直全国只剩下一个从胜利到胜利、从正好到正好的路线图,故事难编难讲。但是说到种大白菜经验丰富的朦胧诗人,有几个同行者热烈推崇诗坛新风,另有几位年龄偏大的作家翻了翻白眼。这一切又是多么可喜!

团里还有外语学院的德语与英语专家、文学翻译家,他们翻译了歌德、席勒,还有当代德国作家海因里希·伯尔的《丧失了名誉的卡特琳娜·勃罗姆》与君特·格拉斯的《铁皮鼓》。北京作家都知道这两位当代德国文学大家,知道他们的这两部作品,还都看过德国人拍摄的基于这两人世界名著改编的故事影片。

然后然后,又有什么可说的呢?叫什么来着,傅大成新学的一个词,他本人应算是地方"新锐",干脆是新蕊、新瑞、新蕤、新睿,xinrui。另一位 rui,则是他一心回避的杜小鹃。原来出访团名单上没有,有的是一位高龄女作家,早年德国留学生,洋包子,三十年代与巴金一道发表过作品的祖师奶级人士。出发前两个星期老人家身体不适,人们不敢大意,临时换 rui,变成杜小鹃,团员名单上用中、英、德语写着"她的笔名还有远程与鸢橙"。写着她的代表作,包括小说《无法投递》《并不是情书》,诗歌《只不过是想念你》。更惊大成的是,她的书信体小说《并不是情书》,已经在德国的汉堡出了德语译本。

伟大的世界,伟大的格局,两个阵营,社会主义、资本主义、帝国主义、修正主义与各国反动派,独立自主的中华人民共和国,不结盟国家集团,苏联、美国、英国与法国,亚洲与欧洲,东德与西德,法兰克福与东西柏林,二战、冷战、热战,第一世界、第二世界、第三世界,罗斯福、斯大林、毛泽东、周恩来、赫鲁晓夫、勃列日涅夫、西德总理阿登纳与科尔,东德领导皮克、格罗提渥、乌布利希与昂纳克,四国占领,两区分治,西柏林危机,苏共二十大,九评现代修正主义。在这些大人物大时代大事件中,傅大成这样的草根,竟也与闻其事其盛,似乎离大国大事日益亲近。他正在成为世界公民,他正在成为人五人六。还提什么杜小鹃的爱情诗爱情小说,还提什么傅大成与杜小鹃的不尴不尬不爱情或也勉勉强强就是爱情,未免是穷极无聊的极致,是抠抠搜搜、嘀嘀咕咕、嘟嘟囔囔、是是非非的极致。与伟大世界伟大事业伟大角色相比,他傅大成原先不是狗屎也是跳蚤,不是跳蚤最好最多也是蚂蚁,他正在变成一个越来越个儿大的土豆儿。他想起来在作家笔会上听到的一个说法,广东的一位作家说,他读完《海明威传》的主要感想是:"我们都是自幼失势的太监。"

所幸的是他本来千方百计地想躲避开的,与瘟神杜小鹃的见面,轻松自然。人是需要见面的,敌对与不和国家的元首与政府首脑是这样,普通人也是这样,一见面,就不一样了,祸福安危善恶成败,不过如此罢了。

他见了杜小鹃说:"你可好?""你呢?""我们又见面了。原来以为见不着呢。""人不见天要见,天不见地要见,地不见中国作家协会要见,还有西柏林的艺术节要你见呢!哈哈哈哈哈哈。""其实我们每天都见,不在报纸上,就在杂志上,要不在朋友间的谈论上见。""可不是嘛!"

第十三章　洲际酒店梦幻曲

　　太高兴了太兴奋了,就会伤毁睡眠。从上飞机,中国作家就没有踏踏实实地睡下来。在欧洲,哪怕你是刚下飞机,他们的一顿晚餐,九或十点才开始,站在那里喝凉水与酸酒,吃用牙签挑着的小食品,不但要吃,更要说呀说呀说呀。西柏林是一个入夜不睡,夜十二时以后才掀起夜生活高潮的地方,与欧洲的资本主义相比,社会主义中国是多么健康与省心啊。

　　五月的西柏林寒风阵阵。他们下榻美资洲际集团酒店,美式高层建筑,旋转风门,大堂里人来人往,玻璃柜里摆放着许多艺术品:银制、水晶制、铜制、木制与塑胶,墙上也挂满木、瓷、漆、合金浮雕与图片。室内室外,都飘曳着似有似无的摇滚风歌曲。本来是豁出命去,挖出心来,喊破了嗓子的沙瓤动人声音,带着哭腔嚎腔长歌当哭,被压缩成谨小慎微的小嗓儿播放出来,只觉歌声中的痛苦是悄悄的痛苦,歌声中的激昂是完全无法当真的微型激昂,呐喊变成了耳语,哭天抢地变成了喁喁悄悄话。这声音里有太多的诉求,太多的欲望,太多的嘶哑,太多的自控保留,像是歌者在演唱的一刹那发作了急性失声喉炎,像是乐器也全部加上了高效消声设备……这令大成心痛怜惜不已。

　　他的房间床太软,软床带来的感觉是孱弱与轻飘,失去了依靠与承载的坚实,他找不到自己与自己的位置,找不到发力的基石。截至一九八五年,大成他还没有睡过软床,他在北京与上海住的最好的床垫也只是棕床。席梦思的温柔使他失真,不能贴身不能脚踏身躺实地,他反而睡不好觉。到达西柏林后晚餐完毕刚刚下榻,夜里找了半天,终于找到了室内音响开关,他将开关关得死死的,仍然觉得有他室或者走道里的虚空的大喊大叫歌声传来。即使没有室外声响,他脑子里存贮的疯狂豁命嘶哑却又极端压抑被拧到最低的声音,已经给他的听觉神经挂了磁,一直淅淅沥沥,绵延不绝,像连阴天的小雨。德国,俾斯麦、浮士德、白义耳(拜尔)药片、巴赫与贝多芬、康德与黑格尔、马克思、海德格尔、第三帝国、英国航空公司、攻克柏林、易北河会师,变成了消声的山呼海啸。尤其是他想起莉莉玛莲的《路灯下的女孩》与苏联歌曲《灯光》,都吟唱了战争、分手、上前线,生死存亡的战争中,敌对的两个国家,热门歌曲的歌词,却有相通之处,而莉莉玛莲与日本的李香兰,两个轴心国家的女歌手的命运,也有可以类比的令人嗟叹的异曲同工。还有怪杰导演法斯宾德、最伟大的乐队指挥卡拉扬、德共主席恩斯特·台尔曼……历史与地理书上、报纸上、经典作品里、苏联与德国影片里、伟大音乐里与想象里的德国柏林,一切的一切,万有降临,谜团旋转,既有方队,又有海陆空,突然在一九八五年,一起涌到他眼里耳里胃里和他的身边,就在与北京时间时差七个小时的不同时间说法里,在疲累里兴奋里,与将信将疑的绝对稀奇的自问里,实现了与他同在同体。

他怎么突然对德国不觉陌生了呢?来了,没来,多么地不一样啊。

这头一天晚上西柏林夏季时间二十三点半,已经是他一夜没有睡觉的北京时间次日清晨六时半,他睡下,过了四个小时,他醒了,翻来覆去再也睡不着。从感觉上,他是首次离开了国境,他到达了一个半真半幻的地方,但不论生活还是逻辑,灵魂还是身体,意识还是感受,地名地理与全然不同的却又是无解的香气臭气声响寂静灯影黑影,仍然使他抓不着摸不住安稳不下来,他难以认同他的所处空间时间,他不能理解出国意味着什么,出国使他脑瓜绷裂地紧和痛,德意志联邦共和国意味着什么,或者它们完全不一定意味着什么。他是傅大成,但是他不在中国,这不可思议。

　　他穿上便装,光脚穿上武汉出的皮鞋,困倦同时兴奋。他擦了擦眼睛,他到了楼下,坐在离旋转风门不远的一个绕柱而设的圆沙发上,靠着方形柱子,有点腰酸腿麻。他时而感到一缕寒风,更像是北京的冬天。他感受到了酒店内外的繁密的灯光,他体会到电灯越多越是哪一盏也不可能亮。星多月不明,灯多泡不亮,见多诸事忘,想多了魂灵晃,身子乱飘荡。在冷风的抖颤中,他坐着坐着,没有过渡也没有想到,一下子深深地睡着了,走失了,自己与自己失联了。比在房间还睡得好。除了床垫太软以外,五星级酒店客房内的镜子太多,电器开关太多,灯盏与灯泡太多,卫生间种种清洁洗漱化妆润肤美容用品过多,各种虚假与做作的香味太多,对他有一种侵略与挤压,物质的高度发达必然会挤对了人。还有小冰箱里的冷食干果与小小瓶装洋酒,估计一瓶就需要他付出一个月工资,他不准备享用,对他无用无关的东西却占据着他的狭小而昂贵的空间,他的房间里充满了莫名其妙的他人他物他乡他需他音他色而非我非己非亲非故。在这样的酒店客房睡眠,当然是一种罪过,是浪费,是烧包儿,是强迫,是劫持,个中也颇有快乐,快乐的折磨,突然的纷扰,铺天盖地,千朵万朵。

　　为什么,在楼下,在大堂,在后半夜,在非睡卧用室内空间,他越睡越舒服起来,温暖起来,欣慰起来,安适起来?冷风没了,陌生没了,奢侈的拥挤啰唆侵略没了,异域的香气与歌声没了,除了不知从何而降的温情、温暖、温馨、温柔、硬块的破裂与融解以外,什么都没有了。

　　幸福地置身于西柏林洲际大酒店,在终于安稳稳空荡荡迷糊糊的大堂里,他幸福平安地睡了两多小时,他缓缓地舒适地睁开了眼睛,发现他是躺在一个女人的怀抱里、女人的大腿上。他颈有余柔,发有余香,体有余温,心有余情,他发现身上盖着一件女式风衣,最后才明白,他这两小时的枕席,两小时的平安与熨帖,两小时的温暖与依靠全在于杜小鹃。他猛地坐了起来,"这个这个这个……对不起对不起对不起……"他应该做什么呢?感激?致歉?知情?惭愧?

他犯起傻,脸上带着哭笑不得的尴尬与前所未有的亲切与温暖。突然觉悟,傻痴总是与幸福孪生,而聪慧会带来本来可以没有的痛苦。

与他相比,杜小鹃是那样纯净、天真、自然、平和,她就是天使,只能是安琪儿,她说她是睡了一觉以后实在难以继续睡下去,便下楼走走。来到大堂,看到睡态可掬的傅大成,她坐在大成身旁。大成一歪,倒在小鹃的身上,没有轮到说话交谈。她轻轻将大成放倒,她见大成穿得太少,怕他受凉,便将自己身上的风衣脱下,盖在了大成身上。大成叫苦道:"唉,这不让你受冷了吗!"小鹃说:"你一个大热人,在我腿上,也是一个火炉呀。"大成脸红了,小鹃则是一味地笑,再笑,还是笑啊,得意又滑稽,笑得小鹃面如桃花,身如摆柳,目如双星,音如唱歌。这时的傅大成忽然听到大堂音响传来德国的古典音乐,舒曼的《梦幻曲》,《童年情景》第七首。在著名的军旅话剧、沈西蒙著《霓虹灯下的哨兵》中,"梦幻曲"一词,被一位上海小姐说出的时候,话剧观众哄堂大笑,哈哈尕尕。为什么在尚未破晓的时刻,这一曲子在洲际大厅或者大成心中出现——傅大成是多么想给小鹃跪下来啊。

"舒曼的红颜知己是克拉拉,女钢琴家与作曲家。她与舒曼的爱情受到父亲的压制,但是她与他没有屈服。舒曼后来得了精神病。舒曼的学生是勃拉姆斯,也得了精神病,也是克拉拉的崇拜者。两位精神病伟大作曲家,一位娶了克拉拉,一位为了她终身未娶……"小鹃轻声说。

也许只是个梦境,也许只是次梦游,也许夜三点以后摇滚乐被古典乐曲替代是无心的偶然;所以如此珍贵,所以分外动心。然后,然后怎样然后呢?非你,非我,非梦,非真,非上海,非北京,非Z城,非法兰克福,也非柏林的?就承认它是柏林的吧,一个意想不到的任性故事。

只是天机,只是天命,只是幻想曲与第一交响曲《春天》,以及后来的勃拉姆斯《D大调小提琴协奏曲》,对比、梦幻、威胁、天缘,历史,地理,必须欢呼,应该快乐,羡慕吧,歌唱吧,我的比小说还小说,比诗歌更诗歌,比李白还李白,比少年维特还维特的记忆与讲述。

李白没游历法兰克福,更没有乘英航到过西柏林!普希金没有进过洲际大酒店,更没有登上过LH(汉莎)与CA(中国国际)航班飞机。古往今来的所有大家大师天才幸运儿,你们谁在这样的场合与时间,与这样的艺术的与文学的加外国语的知音与伴侣,共同读过或者听过,感动过或者陶醉过舒曼、克拉拉、勃拉姆斯的音乐呢?

第十四章　滚石击打爱情生猛

中国作家与世界各国的同行在一起,举行作品朗诵会与研讨会。有趣的是多数朗诵会上没有翻译,完全不懂中文的各国主要是德国人士兴致勃勃地听赏中文朗诵,似乎仍然能够找到一些感觉。一个土耳其作家告诉中国同行,他参加过三十五年前的朝鲜战争,他学习了一些中文,就是说,他曾经与中国人民志愿军在朝鲜半岛相互射击与拼刺刀。他说他至今敬佩中国军人的勇敢与感天动地的艰苦奋斗。他说他后来学了中文,大体上听懂了中国作家中国当代文学的朗诵,但是他说的汉语没有几个字能为中国同胞听懂,倒是讲英语、俄语哪怕是意大利语,反而好些。中国作家似乎从土耳其同行的欧洲语词汇里面听出几个单词,使那两位德国留学生与学俄语的大成、学英语的小鹃,以及评论家、大学老师们都兴奋万分。

另外几位中国作家就有些愤怒了,让我们听这些听不懂的外国文是为了什么呢?翻译干什么去了?翻译解释说,他们不可能一听朗诵就明白人家的作品,大家聚精会神地谛听,你也不能同步翻译,吵了朗诵者,更吵了其他听得懂与听不懂的观众。大成却觉得有趣,内行看门道,外行看热闹,听不懂内容,当然,还能听声音、听音乐、听感情,还可以看表情、看手势、看动作,主要看人。在西柏林,哪个人不可以一看一听呢?中看经看好看爱看,见而喜之,闻而悦之,巧笑倩兮,美目盼兮,不一定非得请译员掺和。这是生活,这是趣味,这是奇奇怪怪的二战后果,这是花样百出的欧洲政治地理与文化地理的活剧中的一个趣味盎然的片段,何况是中国的同胞呢?新的经验刚刚开始,前所未有的西洋景还在后面也就是前面呢。

他听到小鹃轻声与老作家交流:"就算是看看风景吧。"

小鹃真好。

后来还听昆剧团的人说,他们的演出本来准备好了德语幻灯字幕,剧院方坚决拒绝,他们只是在演出前发了一个德语的剧情说明,观众看得津津有味,各种反应都恰到好处,最后谢幕九次。他们重视对于活的演出的感受远远胜于人物言语语义的清晰。他们要求的看懂,不是逐字逐句的懂,而是人情与艺术的共鸣。大成与小鹃就此进行了仔细的讨论,觉得有趣。

听朗诵其实远不止是听,还要看,看身体语言,顺便看看男女作家的风度教养举止文化,还有服装行头,外套大衣靴鞋帽子,最后也最重要,当然还有颜容表情。比如一位长发的拉丁美洲女作家,她的大眼睛,她的披发甩头,她的铿锵有力的西班牙语尤其是她的大嘴,都令大成倾倒。听众中不见得有太大的比例是懂西班牙语的,他们仍然热情颠颠。

他们还应邀到大作家君特·格拉斯家做客,格拉斯作家喜欢西柏林,西柏林是孤岛也是橱窗,接受西德的大量财政补贴,却不必或表面上不必对西德承担义务也不大受西德的管理督导。尤其是知识分子,他们将西柏林视作自由的圣地。例如,这里的红卫兵运动是西方世界最火热的,热度超过了闹出过举世震惊大事的巴黎。

格拉斯长着国字脸,上唇留着浓密粗硬的胡子,面色黧黑,样子纯朴憨厚。果然,他的经历相当符合当代中国的人民化理论观点,是社会和生活锤炼出了这样的一个怪诞创新、独树一帜的作家。当初,他这个不到十七岁的中学生,就为希特勒充当炮灰去了,后来成为盟军俘虏,后来务工务农学艺术,浮沉闯荡。后来拿起了笔。用中国的说法,生活是创作的源泉,人民是文学的母亲。格拉斯作证。

格拉斯说他在一九七九年访问过北京与上海。下班时间,他看到上海街上的人流,他吓坏了,他著文说,幸亏人们出生的时候是脑袋先从母体里出来的,否则他害怕上海的婴儿看到下班时间的人流,吓得钻回到母体里去。

中国作家听不太懂格拉斯的用意,面面相觑,不知所云,也无反应。

格拉斯赶紧更友善与亲密地与中国作家交流,用泡着鲜红草莓的干白葡萄酒代替茶与咖啡、矿泉水与可乐等软饮料用来待客。他告诉大家他在希特勒德国社会与军队里的惨痛经验,他说他是德国社会民主党人,他是给犹太死难者纪念碑下跪的勃兰特总理的朋友。他还请中国作家看受过美术专业训练的他的一批自画像,有的画成蛇,有的画成虎狼,有的画成怪兽,这样的绘画也标榜着他的艺术个性与充满想象力的生活。还有更重要的是,在中国作家纷纷从国外至少从港澳购买新式样大镜片眼镜的时候,大成发现格拉斯戴的是老式小扁圆镜片近视镜。

果然,同行的德国文学老师告诉他,格拉斯的说法叫做"拒绝经典",求新逐异,不在乎学问,而在乎创造,如他写了一个害怕成为成人的孩子,可以说是一个侏儒,而随着时代的恶化,这个侏儒却又突然长大了几厘米。

也许更有趣的是顺便去东柏林听一场音乐会:票价低得如同免费赠演,演出质量并不低于西柏林新修建的五角形爱乐音乐厅。拿着中华人民共和国的因公护照,他们进出德意志民主共和国完全免签证。而联邦德国也极欢迎来自中华人民共和国的知识分子。东柏林的房屋整齐清洁,只是显得冷清一些。

更更更有趣的是他们结识了此次活动组织方雇用的中文翻译赵先生,北京人,德裔母亲的娘家在东柏林,父亲是中国当年留德学生,在德国加入了中国共产党,现在是中华人民共和国高级干部。赵先生拿的是中华人民共和国私人护照,当然,具有两个德国签证,自由出入于东、西柏林与东、西德国。他与老婆定居东柏林,他本人被西柏林一家媒体录用为记者与编辑，挣着数目不菲的西德马克，享受着东柏林的低物价与社会福利，他在西柏林不但有自己的住宅，还似乎有，噢，请放低声音，他或许有一位德美混血的金发女友。

世界呀世界，你是多么有意思；中国啊中国，人们是多么有机遇；大成啊大成，古今中外，谁能赶上你这样的八面来风、五月开花、春阳普照、万年不遇、千年不再的了不起的缘分！

经过了三天热烈的文学讨论，关于伤痕文学、德国二战后的废墟文学、文以载道、文学自由、西方东方、苏联美国、意识形态、经典与后经典、艺术与市场，高高兴兴，空空洞洞，现代后现代，书生高论，挥洒自如。大成无端地牛气了一番。

迎来了一天自由活动，他与小鹍上午去看柏林墙，隔墙可以清晰地看到东柏林成龙配套的建筑。墙的这边有德语的"革命无罪，造反有理"等来自中国、毛泽东的，也还有西柏林本地的红卫兵标语口号。下午大成与小鹍选择了去大集市，八音盒子扩大成手摇八音车，上紧发条，金属音带播放出了莱茵河魔女罗丽莱的歌曲：谁知道很古老的时候，有雨点样多的故事，美丽的莱茵河上，吹来清凉的晚风……大成购买了一个播放歌德《野蔷薇》歌曲旋律的八音盒子，送给杜小鹍。后来他们俩参加高大的旋转秋千上的风险游戏。每人坐进一只悬挂的秋千椅厢，旋转加速，秋千升高，风声鹤唳，方向横斜，城市景象混成一片，世界转成一团。大成喊叫起来："哦，我的天空！哦，我的城市！"

小鹍从旋转秋千上下来，面如土色，感觉不好，她靠在大成身体上歇了四十分钟，大成总算还了在她身上睡觉两小时的情义。

在集市上，这两个来自中国大陆的华人与大量欧洲人一道吃了香肠、烤土豆、酸面包与慕尼黑啤酒。有趣的是也有欧美游客与他们搭讪，先猜他们是日本人，再猜他们是韩国人，还有人问是不是来自台湾，他们回答是北京，是中国大陆，使与他们谈话的友人两眼放光，于是大成与小鹍的两眼也放光。北京来客来到西柏林的集市，奇哉妙也,他们的角色很有戏剧性。

晚餐后血流往胃肠方面集中,大成觉得困倦,便去了一家歌舞酒吧。一推门,强大的声浪像霹雷又像浪潮一样地冲击到他们的身体,原来是开始了滚石乐演奏,地方不大,乐器叮当乒乓呜呜噢噢,加上现代化的电声音响扩音,横冲直撞,震痛了震活了傅大成的牙周牙花齿槽,他直觉到第二天清晨或许会发现全口牙齿的破碎与脱落。就在他感觉已经难以忍受的时候,忽然柳暗花明,他进入了崭新的神经麻木、意识清除的原生幸福状态。按:到西柏林后,新鲜、好奇、惊异、眼花缭乱,信息感想满满,兴奋激动呼隆,撑得他心神不定、消化不良、睡眠难安,掌控不了自己,难受。听到强刺激型排他型横扫型爆炸型音乐后,全部头脑心情内宇宙的容载内存被滚动的巨石挤扁碾轧成粉面,随声兴起、随声散去、随声扫荡。宇宙间酒吧间大成与众顾客的灵魂里剩下了巨响与麻木、敲击与号叫、音响与电流、磨轧与虚无——最强大的滚石刺激,带来了最彻底的安静虚无。他在轰响中颓然入睡,入睡中被震动得神翻心覆、欲哭欲呕、灵魂游走、我自丢失、百感交集,终于回到了一无所有的人类初始化状态。

杂乱混沌犹豫不安的思绪被玩儿命疯狂的音乐所粉碎毁灭,他睡醒了,醒睡了,听傻了,听醉了,听没了,吵静了,不听了,全聋了,聋得只剩下身边的杜小鹃,杜小鹃也越离越远。杜小鹃爱怜地看着他,她看出了他的慌张与崩溃,她的样子像是想把他保护在自己温暖的怀抱里。

后来大成正经睡了二十多分钟,小鹃说,换一个安静的地方吧。临走时大成看了一眼随着打击乐的鼓点小展舞姿的女孩子,他有点想哭,为西柏林的酒吧女,为Z城的夜间清扫道路女工,为鱼鳖村深夜搓玉米棒的农妇,为恩爱时绝对一声不吭的白甜美,也为中国国际台的一位播音员,她发音特别美式,腔调迷人,叫蓝华或者蓝桦什么的来着,后来做了摇滚女郎,大成愿为她而一洒钦佩的泪水。他与小鹃到了一家咖啡馆,他们要了一些饮料,小鹃用易拉罐与玻璃瓶和乱七八糟的餐具清洁用品与糖果包装纸盒在他二人的桌子上修筑了一道墙,她说:"咱俩的柏林墙,这样安全些。"说完,她哭了。大成轻轻拂动、拆毁着推倒着咖啡桌上的"柏林墙"。沉默良久,说:"再哭,你就是孟姜女啦。"

大成吟道:你的呼吸使我低下头来,就这样等待着须发变白……不知道这么两句是从哪里来的,他自己的句子?他读过这样的诗句?他梦里的吟哦?他累极了的呻唤?

在满耳的疯狂中,听到了你笑的风。

风中也还有,是孟姜女的哭声。

不知道是大成还是小鹃开始了另一段吟诵。

在满天的繁星中,我看到了你的闪动,你的躲避正好告诉我的,是你的钟情。大成与小鹃互相低语,是谁先说,谁跟着说,互相说,同时说,一起说,还是只在心里说?

柏林墙也分明,施普雷河、哈弗尔河也同样作证,此生也是前生,前生也是来生,罪过也是天注定,愿望也难由衷。

有些事你无法拒绝,拒绝正是包容,推开还是欢迎,灾难随你闪亮,热烈随我们冰冷。

不不不,也是对对对,别别别,也是郁葱葱,没有没有,没有就是饱满,停住停住停住,停下就是永恒。

似有非有,似诵未诵,似说未说。此夜他们终于拥抱在一起,他们亲吻在一起。他们你敲击、我战栗,她呻吟、你喘气,你咬啮、她吮吸,她如海、你如鱼,她哭哭、你笑笑,蹬蹬踹踹,捶捶打打,亲亲密密,唧唧复唧唧,情人相互炽,似闻机杼声,又闻歌与气。朝辞北京城,夜行柏林墙。天高地阔本无涯,情深意重自久长!此身此世无他愿,运笔如花语如洋!花红似锦笔挥扬,万里能无好文章?欢欣盖世天放光,真情如火炫辉煌!

不知道到底应该感谢还是控诉,西柏林极度体现了的人类世界的疯狂分裂任性与坚持;这里的滚石乐具有清场与归零功德,这里的灿烂灯火琳琅满目使大成兴奋得叹息。他们以同等的感谢心、分裂心、清场归零之意志,进行了他们的人生情感大转变、大飞跃、大吊诡、大天真、大婴儿、大圆满、大无耻与大灾难。大成想起了在机场买到的许地山即落华生翻译的印度故事《二十夜问》,按印度教与《二十夜问》的模式,他明白了为什么男女主人公在终于火热交合的时候祈祷的会是:"让主管毁灭与死亡的,五面、三眼、四肩湿婆大神赐顾,用雷电就此结果了我们两个吧。"

……柏林的活计以后,他们还去了当时联邦德国的临时首都波恩,在古老的巴洛克式墓地中,他们找到了舒曼墓。舒曼墓上放着一个可爱的小猴玩具,显然是一个孩子献给舒曼的。小鹃说,小玩具令她为受尽了精神疾患折磨的罗伯特·舒曼而欣慰温暖。小鹃还告诉大成,舒曼的故乡在墙的另一边,莱比锡。民主德国年年在莱比锡举行贸易博览会。总理格罗提渥曾经邀请过北京同和居饭庄的大厨到莱比锡做烤馒头与甜品"三不粘"。而在没有墙的这边,在波恩市音乐图书馆里,他们参观——更正确地说应该叫做参听了克拉拉的纪念馆。纪念馆里奏响了克拉拉的音乐作品。克拉拉连同舒曼与勃拉姆斯的灵魂仍然在这里悸动。后来又去波恩的音乐厅,他们听到了勃拉姆斯的D大调。而到了科隆的贝多芬故居,小鹃的讲解就更如大河滔滔了。她是神明,她是艺术家,她什么都知道,她带领傅大成进入了新的交响协奏铙钹齐鸣兼通古今中西艺术学问的世界。听小鹃讲十九世纪的欧洲音乐,傅大成感动得只想大哭一场。

生活产生文学,文学要模仿,要书写生活的映象。也有时候文学走在前面,它虚构了事件,而后生活现实模仿了文学。《读书》杂志上,讲到了一时红里透紫、自称不善虚构的张爱玲的小说《色戒》,描写一个女志士,用美人计去接近一位汉奸头子,到了暗杀成功的机会来到的时候,却因了真爱而下不去手,最后是她的牺牲报应。其后上海果真发生了类似事件,女志士被逮捕、受毒刑与杀害。头几年还传说,中国电视台播放了美国电视连续剧《加里森敢死队》,后来中国出现了这样的匪徒,作案后留名同样的"敢死队"。这警告了中国的有关方面,要加强管理,不可粗心大意。

更有情节类似,立场与走向相反的故事。小鹃说,传说中有中央情报局特务暗杀卡斯特罗失败的罗曼司咏叹调。然而并非全是事实,并不是特务爱上了卡斯特罗,而是卡斯特罗爱上了美女玛丽塔·洛伦兹,后来分手,这次分手使美女怨怼了卡斯特罗。中央情报局插手将她培养成了特务,她在获得了机会的关键时刻,停止暗杀,并从而受到CIA的迫害,她后来年老珠黄,色衰茶凉,无善可陈,不知所终。

听了张爱玲的"色戒"的故事与卡斯特罗的六百多次被暗杀而不死的故事之后,大成似乎有一点不舒服,怎么小鹃现在脑子里出来这么多可怕的八卦了呢?当初的《无法投递》里对于安徒生的《海的女儿》的引用,是怎样地大异其趣啊。

大成早就给自己提出了一个问题,是先有了爱情,后有了爱情文学,还是先有了爱情诗爱情故事,更多得多的人从而才学会了去爱恋、去相怜、去怀春、去风流,而不仅仅是配种站的操作呢?

而如果爱情太美丽,太理想,太梦幻,它能坚持下去吗?

第十五章 枪杀了也是爱了

数年前,小鹃的作品《并不是情书》发表,大成看到了的是小鹃虚构的一批"情书",运用了某些来自她与大成交往的素材,并引起了文坛的风言风语。但她写的毕竟是火星与仙女座的通信,是假想化、文学化、抒情化,也是柏拉图化的爱情。两年多之后,傅大成与杜小鹃访德,他们的相处完成了全新的飞跃,然后他们当真通起信写起情书来了,不是火与仙的小说恋,而是傅与杜的舍命情:小鹃的文学,引领了也创造了他们的生活与命运。生活与命运终于落实了报应,经过文学的路径,落实的结果将带来什么新的文学或者是非文学的契机呢?

什么是货真价实的爱情?有没有货真价实的文学?非文学是不是其实也是一种文学的视角呢?

致大成:

唱了一路的歌,我终于知道幸福是权利也是使命,快乐是勇气也是忠诚,爱也是智慧,是投入也是超拔,是展现也是自由,是生命翻了一个身,是烦闷终于迎来了发散与雷鸣。我从小就老想大哭一场,我从小就知道自己傻,活了四十多年才哭出来了。活在当下,哭在当下,乐在当下,就这么豁出去了。山那边是好地方,你怕什么?不远了不远了,只要心儿不曾老。浮云散,明月照人来。路边一株野蔷薇,独自对着日光,少年见了奔若狂。哎呀,小妹妹似线郎似针,哎呀,穿在一起不离分,离分了也是爱过了。我要唱的是:"我愿意!"

(还好,大成农村人,也还理清了小鹃的典故:山那边是好地方,一片稻田黄又黄。出自解放前学生运动歌曲,表达的是对解放区的向往。不远了不远了,只要心儿不曾老,幸福的日子就要来到了。出自丹麦或谓是芬兰民歌,学生运动借用来表达对新中国的向往。浮云散,明月照人来。出自周璇唱红了的歌曲《花好月圆》。路边一株野蔷薇三句,出自歌德词、舒伯特曲的艺术歌曲。小妹妹似线则出自脍炙人口的影片《马路天使》。)

致小鹃:

教授,您太哲学太柏拉图了,而我,归根结底,只是农民。在鱼鳖村,从来都是有一成到一成半的男人没娶上过媳妇。他们也许找过草驴与母羊。呵呵,是多么煞风景。我获得了上学的天大福气,我早就会背诵无情却被多情恼,天呀,我忘记了是多情被无情恼,还是无情被多情恼啦。已经五月二十七日了,我们在艺术节后去到波恩,波恩后咱们俩人分道扬镳。我与一部分人到了科隆附近的朗根布鲁赫小村落,海因里希·伯尔住宅。伯尔身体很不好,与我们匆匆见了一面。他一贯狠狠地批判西德社会,同时他又是被注销了护照的苏联作家索尔仁尼琴的接待者。西德有的官方人士烦他,一九七二年冬天,他得了诺贝尔奖,有批评家说他只是作为道德家才获奖,而不是作为文学家,还有人说他的德语比较差。政府总理,应该是著名的社会党的勃兰特来道贺。伯尔要求自己住的朗根布鲁赫村落挂出"自由邦"行政区牌子,而不依例标明此地的行政归属,地方政府居然迁就了作家的意愿,二战后的德国是有些个不同了。只是在政府总理到来的时候,地方政府临时换掉了"自由邦"牌子。原来德国也有这种猫腻。你被你的天知道什么事务缠住了,噢,你是给波恩大学做一个课堂讨论——习明纳尔。你没有过来,可惜了,伯尔这里的菜花黄得像海洋一样。对了,朗根布鲁赫的上一级是杜林市,你读过《反杜林论》吗？恩格斯著,写于一八七六至一八七八年,原名是《欧根·杜林先生在科学中实行的变革》……

致大成：

真是个好苗子,也许已经是正在成长的参天大树。我上小学的时候同样受到了革命的教育,我渴望的是革命、文学、爱情和变革,最后,对不起,是我行我素,要与男人合力生一个孩子。我十一岁时候就想过生孩子,我敢承认,其他知识女性不承认,没有知识的女性更是打死也不会承认。而更早的时候,六岁,我与父亲讨论的是我要孵一个鸡蛋,不要笑,我期待孵出生命的伟大神圣,我绝对不听父亲的劝阻,我以命相争,我将一个鸡蛋放到内衣里,相信我的身体的温暖能帮助生命诞生。现在说起来我仍然激动,我的梦想是在有生之年开创一个孵蛋工程,一个巨大的孵蛋场,这个孵蛋场要奏鸣贝多芬的《欢乐颂》。办不成孵蛋场我就写一个女孩子孵蛋的长篇小说！你笑什么？你应该鼓掌,再鼓掌！

你读过日本女作家中条百合子的小说吗？她后来嫁给比她小十岁的日共总书记、文学评论家宫本显治,更名为宫本百合子。她的《伸子》中的伸子,与《青春之歌》的林道静一样,早就表现了女性的革命与献身的急迫,离开自己平平淡淡的丈夫,唾弃了平庸与安宁。她们选择的是背叛与革命。连契诃夫最后一篇小说《新娘》也描写了逃婚去参加革命的女孩,权威贵族的评论家苏沃林告诉契诃夫："人们不是这样参加革命的。"

我的第一个革命行动是十九岁时候生了一个儿子。相信你不会问我他的爸爸是谁,我想主动告诉你的是他爸爸打篮球。全世界没有痛骂我的人只有一个,我爸爸。我爸爸是那位独臂的明史专家罗艾卢,你不会知道的,比你大五年出生的文人就都知道罗艾卢是谁了。呵,你知道,太好了,谢谢。他帮助我把他的这位外孙,作为赠品赠给了一位高尚人士。由于外姓人隐身,我的儿子是父亲的唯一亲孙子。是的，我不姓杜，只是为了不给爸爸丢人，我姓成了杜。我后来被开除学籍、团籍，我的感觉是也包括人籍与妇籍。我的孵蛋欲望发展成了身败名裂的噩梦。在北京待不下去了，靠爸爸的名望和乡亲关系，也算那个年月的"拼爹"，我回到了湖南衡阳，冬季大雁南飞的目的地，那儿叫归雁岭，也就是王勃《滕王阁序》里所说的雁阵惊寒，声断衡阳之浦，在那儿上学，后来又成为在南岳衡山脚下插队的知青。由于在一次救火当中被砸坏了腰，立了功，受了伤，给我一个三级残疾证明，我成了广州中山大学英语系英美文学专业的工农兵学员。时来运转，已经是做梦也想不到的了。更幸运的是我遇到了你，这与你的生活脚印没有关系，这与你理不理我娶不娶我也没有关系，我只是爱我的好了，与你一起，这是可能的生活，想着与你在一起，不见得能与你在一起，这是文学，这是诗或者小说、话剧，一不留神成了歌剧，这是构思与升华。凡是声称自己不会虚构的文学家，我瞧不起。而虚构得才华横溢，生活得狼狈尴尬孤独憋气的女男作家，我要给他们献上束束大丽花与康乃馨，我会用捷克共产党员伏契克的话祷告：我为欢乐而生，为欢乐而死，在我的坟墓上放上悲哀的安琪儿，对于我，这是不公正的。对不起，我不知道伏契克的作品是用捷克还是斯洛伐克语写的，不知道他的"不公正"在英语译本里用的是 injustice，unfairly，还是 not fair，它们的意思确实是"不公正""不正当"，但是中文的习惯中国人的思路，对于伏契克的此语，我们更愿意选择的词，只能是"不适宜"。

致小鹃：

而我是多么软弱啊。我是十五岁就做过一个梦，除了你没有告诉过任何人。梦里的女子在我家乡应该叫做夜叉，又壮又胖又狠又强，我死死缠住了她。后来是那个电影明星，你猜是谁？不能说不能说。后来就什么都没有了。与你相比，我没有童年，没有少年。不仅仅是被爱情，而且是被许多现代文明所遗忘。你八十年代初期评张弦的电影的文章写得真好。

所以高中时候爱读鲁迅的话：一要生存，二要温饱，三要发展。苟有阻碍这前途者，无论是古是今，是人是鬼，是《三坟》《五典》，百宋千元……祖传丸散，秘制膏丹，全都踏倒他。后来才明白，说踏倒不一定真能踏倒。如果是陈旧与愚昧踏倒了读鲁迅而且踏倒了大叫大吵的青年了呢？

到现在咱们的李老前辈津津有味地写，一遍又一遍：外国是先恋爱后结婚，我们是先结婚后恋爱。真好意思！张大哥小说里的好女郎都是瞎猫死老鼠硬撞上的，刘大哥小说里的美妻，都是运河里捞出来的。夫复何言？夫复何言？

致大成：

生活就是生活，历史就是历史，麻烦就是麻烦，困难就是困难；这才有滋有味，如果生下来就一帆风顺，那与安心享受在蜜罐子兼骨灰罐子里的福分又有什么区别？

而我们就是我们。我的儿子今年二十一岁，有人透露给我，也许他现在在瑞士留学。我更愿意想象他参加了拉丁美洲切·格瓦拉的游击队。格瓦拉被处决以后，把他的尸体肢解成四块，分别抛掷到四个不同的地方，拉美的统治者怕人民找到与膜拜他的尸体。呵，还是谈美丽的与高雅的瑞士吧：我们在艺术节上看到了瑞士作家迪伦马特主持日本作家、日中文化交流协会会长井上靖的小说朗诵。井上先生是坐火车来西柏林的。迪伦马特写了《贵妇还乡》，他在井上靖的作品朗诵会上表现得有一点点傲慢。

正如你在艺术节活动里用俄语朗诵的普希金的诗：那过去了的，就会变成亲切的怀恋。

致小鹃：

能变成亲切的怀恋的往事，是幸运的往事。能亲切地怀恋往事的人，不但是幸运的，而且是最最善良的人。而最不幸的人是，回首往事的时候只有冤屈和怨怼，只有恶毒与诅咒。

如果那一切并没有过去呢？如果历史的变革无情、博大、勇敢，但同时又粗枝大叶，漏掉了太多的遗存与老旧，纵容了它们的残留，然后也成就了一些风光，更成就了一个又一个尴尬，一个又一个遗憾，一个又一个懊悔呢？一批改革明星，卖瓜子的"傻子"，出产服装的步鑫生，还有好几位校长，引起了多少争论啊。你坚强而且智慧，你得了沉疴，你不但没有倒下，而且唱出了新鲜动人的歌，你尽管为新时期而歌唱吧，当然。但是你会怎样去对待那些没有清除干净的陈旧负担呢？

忽然想起了一点，它填补了一点空白，我十二岁的时候在一位中国朝鲜族老师家里看到一张伪满报纸《康德新闻》，康德是什么？你也许不知道。康德是伪满洲国溥仪伪皇帝的年号。中国近百年的故事够几亿中国人喝多少壶啊！报纸是一九四五年上半年的，介绍朝鲜半岛的舞蹈家崔承喜，我忽然明白了女人的可爱，当时我想的是，为了女人，我愿意去死。

致大成：

假如生活欺骗了你，生活也注定恩惠了你、抚慰了你、快乐了你、给了你，包括杜小鹃。包括比你大二十九岁的崔承喜的舞姿与故事。真巧，我听说过这个后来与大众失联的艺术家。你给了杜小鹃新的生命、新的天地、新的灵感、新的火焰，你能够不从小鹃那里得到超倍的回应吗？你忘记了你搂着一个女人的时候说的笑的风了吗？你搂着她，就在柏林墙里，柏林墙下，在震耳欲聋的滚石乐声轰响以后。柏林墙没有阻挡住我你。

致小鹃：

不，不会忘记电影《火红的年代》，不会忘记苏联影片《格兰特船长的儿女》插曲《快乐的风》,不会忘记我的"笑的风",不会忘记我的小鹃的笑声、话声、喘息声、歌声、英语发言声、衣裳窸窣声。不会忘记亚洲与欧洲的风声,洲际酒店旋转门内外的风声,还有让我魂神不宁,更正确地说是让我麻醉和走失的滚石乐。还有旋转秋千飞转起来的耳边的风。你误会了,我没有抱怨,没有自叹,与我们的同胞相比,与经历了两次世界大战的德国人DDR(东德)与FDR(西德)相比,我们有什么可抱怨与自叹的吗?还有我们的赵同志赵哥们儿赫恩(德语犹言"先生")赵呢?祝他永远平安!我道贺他,但是并不羡慕。我们的幸福永远与艰难困惑一道。

致大成:

罗曼·罗兰说,他赞美幸福,更赞美痛苦。陀思妥耶夫斯基囚禁在西伯利亚寒冷的集中营时候说,他只担心一件事:怕自己配不上自己所经受的苦难。他说的话令我心惊肉跳,我并没有读懂。最近我在写一篇历史小说,我重读了司马迁的《太史公自序》,恍然大悟,受到腐刑,写出《史记》,究了天人,通了古今,成了一家,这才叫对得起那奇耻大辱,对得起那盖世酷刑!如果做不到,不是白走一趟,白白受了苦了吗?我们也有我们渺小的痛苦,我们为爱为生命为文学而痛苦过,我们为愚蠢为懦弱为无知而苦难。你知道,英语的说法是:比强盗更卑鄙的人就是懦夫。

日子毕竟到来了,日前在北京的一次文学座谈会上,我认识了一个大连姑娘,她三十六岁,未婚,她去省计划生育委员会申请一个生孩子名额,吓坏了大连与辽宁……

大成,我爱你,一夜就是永远,七天就是永生,一小时与一万年,都通向无穷,记忆与留恋都是经典,抒情与编织,字字晶莹!即使我们的爱情被枪决,请,我要说的是:"您,杀掉了什么呢?人们会作证,历史会作证,被杀的不是别的,只不过是爱情!"

致小鹃：

《只不过是爱情》是苏联波兰裔女作家华西列夫斯卡娅的一篇小说，卫国战争中，男主人公伤重致残，女孩儿坚守对他的爱。华西列夫斯卡娅的丈夫是乌克兰戏剧家考涅楚克，他写过一个善于搞假大空新闻的记者，中译姓名"客里空"，苏联五十年代的主流媒体，有一阵子，还大肆宣扬过反客里空的重要性。

但是，你听说了吧，深圳出了一个大贪污犯，花花太岁，女性十几个与他有染。他出了事，跑到泰国，被国际刑警组织通缉。由于给他的情妇打长途电话暴露了自己，经过联系合作，中国警力进入泰国，蹲坑一夜，人家佛系国家规矩，天黑以后天亮以前，不能采取逮捕行动。后来抓回来了，他的情妇也抓了。逃犯判了死刑，接过逃犯电话的女从犯也锒铛入狱，女犯只有一个要求，判死刑，与情人一起处决。当然，法律不能这么走……有人说，这是本世纪最伟大的爱情。还有，调查中发现，所有与主犯相好过、后来被他抛弃了的女人，没有一个骂他的。

致大成：

太极端了，无言以对。接不上了，晚安。爱情需要自由，需要文明，真正的自由正是文明，包括伦理的、法学的尤其是诗学的文明。文明爱护生命，不敌视不摧残生命。最美的是爱情，最丑的也说不定，你只消去看看十二频道政法新闻就知道了。

两年前，小鹃虚构了《并不是情书》，两年后，当真有了情书，真的情书并没有发表。文学有什么办法呢？金婚、钻石婚纪念后发表的情书，不会像殉情后的情书那样火爆。文学注视着已有，更牵心于可能有与应该有希望有与为什么没有，人应该怎样摆弄和伺候生活呢？

第十六章 离婚过堂

这其实怎么能怨我,
这其实怎么能怨你,
我一直等着你,
等你说句"对不起"。
转身离去,背影再不像你。

愿意侍候你暖着你,
永世是你的奴婢,
一切一切都为了你,
任你说皱眉就皱眉,
说不理就不理,
任凭你是,也许不是,
你,你?你!

突然变脸,无法商议,
不承认有过欢喜,
哪怕已经过气。
多少年恩爱,多少千公里!
多少年恩爱,多少千公里!

一九九〇年,阿凤唱红了这首歌,Z 城妇联有人建议白甜美主办女性婚姻悲剧博物馆。此是后话。

一九八五年,大成甜美一家,各种家具用品变成碎片,他们全家人的心碎片一地。

甜美号啕大哭,大成从饮泣也到了哭出声来,阿凤哭了,恨恨地骂了她爹,阿龙更是义愤填膺,对他爹说:"如果是宋朝开封,就让包公铡了你!"

傅大成与白甜美的离婚案件,一九八六年四月上了Z城公堂,上了二十多家中国晚报。惊人的是白甜美出庭应诉时的一身打扮,英国原装苏格兰式蓝方格乳白底色外套,细薄山羊绒内衣,肥肥大大的亚麻褐色休闲裤子,而且她穿了一双北京市内联陞手工千层底坤千缘鞋,纯黑色板绒鞋帮鞋面,耸起的两道埂子,襻口上是一小块朱红线花锁住,纯朴优雅高尚古典,亦中亦西,亦洋亦土,亦生涩亦纯熟。眼睛已经哭肿,举止仍然雍容,脖子上围着小块纱巾。与她相比,起诉求离婚的傅大成略显猥琐,但他挺直腰板,强打精神。

诉方与诉方律师强调的是:一、诉方与应诉方的婚姻关系建立时,是诉方父母虚报年龄,以欺骗手段领到的结婚证,违反了《中华人民共和国婚姻法》第二章第四条、第二章第五条,属于无效婚姻,不受法律保护。二、诉方与应诉方,性格、志趣、教育与文化程度、生活态度、个人秉性、精神素质、世界观人生观价值观三观相距甚远,非法结婚二十余年以来,二人没有一次有情有理有内容的切磋交流谈话,没有一次互爱互恋的亲密表示,没有夫妻情感可言,没有精神生活可言,没有精神文明可言,没有家庭幸福可言。三、几千年前的中国封建社会,许多思想家、文学家、戏剧家抨击父母包办、压制青年爱情幸福追求的婚姻风习,无数文学名著《红楼梦》《西厢记》等表现了追求婚姻自主的奋斗历程。一九一九年五四运动以来,中国人民对于封建包办婚姻更是苦大仇深,口诛笔伐,深恶痛绝,决不妥协。一九四九年中华人民共和国成立后,通过的第一部法律就是《中华人民共和国婚姻法》,其根本原则就是婚姻自由。中华人民共和国第五届全国人民代表大会第三次会议于一九八〇年九月十日通过了修改的《中华人民共和国婚姻法》，其第一章第三条明确规定"禁止包办、买卖婚姻和其他干涉婚姻自由的行为"。目前法院面临的婚姻案件，是封建主义还是民主主义与社会主义谁战胜谁的原则问题，是现代化还是开历史倒车的大是大非问题。四、考虑到白甜美在与傅大成的二十八年生活中的一切好的方面，考虑到女性在婚姻离异后生活可能遇到的困难，诉方傅大成，郑重承诺：将二十多年夫妻共同积蓄的财产全部划归白甜美所有，只携带傅大成个人衣服、书籍、文具、洗漱用具、餐饮用具净身出户，并向法庭严肃保证，在离异以后，他的一切知识产权收入，三成交给白氏。如白甜美生活遇到困难，只要提出要求，傅大成将给予支援帮助，包括劳动力方面与财务方面的支援帮助。

应诉方律师做了充分准备，代表当事人白甜美回应指出：一、双方结婚已经二十八年半，共同生活一贯幸福美满，无感情不和、争吵对立，更无家庭暴力情况，亦从无经济纠纷。从结婚到一九七九年历时二十一年，无任何一方有婚外恋情况。二、此二十八年半期间，起诉方完全承认双方的婚姻关系，从未提出过对婚姻合法性有效性的保留、质疑与异议。即使开始不合法，其后也成就了无可置疑的事实婚姻与合法婚姻，理应受到法律保护。三、起诉方与应诉方生有一子一女，起诉方与应诉方二人都尽到了监护与抚养义务，子女二人都得到了家庭温暖，身心健康，获得了良好教育，生活道路宽广光明，他们的状态，正是他们婚姻生活幸福成功的铁证。四、自一九七〇年以来，起诉方与应诉方在Z城工作、生活、安家，他们的生活和美幸福，为Z城社会所承认，为许多人士所肯定与羡慕。五、一九七九年开始，起诉方在参加全国性文学活动中结识了某位杜女士，这才发生了起诉方与应诉方的婚姻危机。这样的危机完全是单方面造成的，一切不实说法与不良后果，应由起诉方负责。六、起诉方所以产生离异动机，是由于该杜女士的插足、介入、主动追求傅大成并离间破坏起诉方傅大成的幸福家庭,对这一婚姻离异纠纷,该杜负有不可推诿的道义与法律责任。应诉方正在考虑对此人的诉权应用。七、应诉方指出,虽然受到了起诉方七年半来的种种不正常言语行为的严重伤害与精神暴力、冷暴力的侵害,但是应诉方坚信起诉方的善良品德,认识到发生这些不正常状况的责任人主要是该杜女士,应诉方坚信,起诉方不可能长期接受该杜的诱导、暗示、心理强迫、离间手段,应诉方坚信她与起诉方的感情牢不可破,终将真情恢复,好梦重温,绝不给予品德与行为不端的该杜以可乘之机,也绝对不允许将起诉方傅大成推入该杜女士设计的陷阱与泥淖中去。

旁听席上传出了一些掌声,审判员示意要维护法庭的严肃与静穆,掌声与喝彩被劝告制止。

应诉方呈交了一批辅助证明文件:六封本市友人致傅大成的信件,时间在一九六九年到一九八六年间,信件中多有对傅大成家庭生活特别是对白甜美的称颂,对于大嫂、小妹、贤内助、尊夫人、白总、白女士、甜美女士多方赞扬:"美貌能干如此,天赐吾兄洪福,令人羡煞也。""可称秀外慧中,天作之合,吾兄珍重珍重!""美德美食美心美人,大成大成,何患不成?""贺喜贺喜。甜美尊夫人当选本城三八红旗手,实至名归,能不雀跃?众亲友,咸与荣焉……"应诉律师还朗诵了本地著名画家、金石家、市政协常委范白石先生为称颂白甜美赏饭而写的诗。又响起了稀稀落落的掌声。

起诉应诉双方子女,傅阿龙与傅阿凤,各出具一份法律文件,证明一九七九年以前父母关系笃厚亲切,无不和情况。

两家医院证明,一九七九年前,双方二人,身体状况良好,七九年后双方就诊次数大大增加,神经官能、消化不良、皮肤瘙痒、早搏房颤诸症状,不断出现。

法庭要求起诉应诉方本人陈述,傅大成未言先哽咽起来,他说:"我很内疚,应诉方的陈述全部成立,我对不起白甜美,对不起,对不起,对不起。社会是不断改革进化变化的,时代是不断创新的,人的思想心理也是有所演变的，十年生聚，二十年教训，三十年半辈子，犹思一搏，能不能生活得更现代、更文明、更丰富、更提升一些？社会在变，生活在变，形势在变，思想情感心理谁能一成不变？我就这么一辈子，我有可能活得更幸福更爱情更精神也更文学，可不可以？可不可以？请法官告诉我，请律师告诉我，请领导告诉我，请儿女告诉我，请天地告诉我吧！"他哭出了一点声儿。他几乎跪了下来，被法警拉起，审判员提醒："请起诉人保持冷静与自重。"

白甜美则说："只要是判决离异，我当场撞死！领导们，同志们，明白人们，各位首长，好人能不能有好报啊？恶人能不能有恶报啊！你姓杜的姓傅的坏良心，天理能容吗？"

审判员说："要保持冷静，要相信法律，法院坚持以事实为依据，以法律为准绳，公平审理，公平判决！"

白甜美马上说："是！"接着问，"让姓傅的自己说，你请的律师说咱们俩互相没有说过好听的话，你说说，做完摘除胆囊手术，你说过好听话没有？你说过人话没有？你说过实话没有？你说过要对我好一辈子的话没有？你只要说是从来没有说过，我现在就签字，同意接受你的离婚心愿，嘛条件没有！"

傅大成五迷三道地点头不止。

宣布休庭四十分钟。

四十分钟后审判员宣布，根据有关规定，驳回起诉方离婚诉求，由法院、双方律师与有关方面，进行庭外调解，争取当前婚姻与家庭关系得到维护。如不能和解，如果仍然是一方坚持要求离婚，另一方坚持不同意离婚，要求离婚一方，可以在至少半年后再次提出告诉。

第十七章　拳打脚踢目标清

对于白甜美在公堂上的表现,傅大成感到的是震惊,是赞佩,是害怕,是五体投地。白氏甜美,面貌与内涵从此一新。原来以为她是一个一句完整的话语都掌握不了的可怜人,到Z城后知道了她的能干、机敏、处事理家进厨房清扫卫生间样样高明,创业营业,大将风度。此次对簿公堂,终于知道了她的隐忍、她的心计、她的准备、她的原则、她的出手力度狠度。世界就是这样的,卑贱者最聪明,因为卑贱者时刻准备着最不好最不幸最不利的人与事的发生,他们的人生是拼搏是防御也是应对反击,绝境求生,逆境取胜,他们是有准备的人士,他们满心满腹的从A到Z的预案;高贵者最愚蠢,高贵者净想好事,高贵的人整天梦见天上掉馅饼,越高贵就越飘飘悠悠,激情大言,遇事窝囊废!

所有参与以及听与者,包括傅大成与他的律师,律师还是他的作家朋友的弟弟,都认为此次开庭,白氏取得完胜。律师告诉己方当事人,离婚诉求的关键在于证明情感的破裂,而此次庭审上,诉方律师与事主,拿不出这个核心点上的事实例证与凭据,特别是找不到他方作证。相反,对方言之凿凿,逻辑链与证据链清晰完整。而起诉人的现场表现,只能证明傅氏与白氏感情藕断丝连、情深意永。其实藕压根就没断。如果感情不断,他这个诉方律师,想取得胜诉就是痴心妄想。而且这种情况下对要求判决离婚一方进行法律援助,人们是天生反感的,人们肯定会认为这样的律师具有丧心病狂有失阴德的罪过,这样的律师为社会所不能接受。到时候,Z城头号著名作家傅大成也好,傅大成好友、律师亲哥哥也好,谁也帮助不了只是在改革开放以后,才刚刚取得社会容纳与承认的律师行业的一个招恨的成员存在与活动。

傅大成说,给他一周时间,他准备静静心,做出此生的一大"杀伐决断",这四个字,曹雪芹喜欢用来形容王熙凤的特点与能耐。

他没有想到的是虽然法院提出调解,他仍然回不了Z城自家,从法庭上回到家,他被甜美痛哭加痛骂,尤其是他的聪明好读书的儿子阿龙大骂了他:"你——不——是——爸爸,你——是——坏——蛋——大——混——蛋!"他看到了儿子的目光,那目光里含着杀机。他被家人轰了出来。

他在文联会议室的大沙发上睡了两宵后就回了老家鱼鳖之乡,这也算是不忘本,是作家深入生活,挖掘人民的题材与光辉。然而鱼鳖村迎接他的是大打出手。

傅大成回乡三天,就被白家亲友给了一顿臭揍。二十八年半过去了,大成从来没有听说过白甜美拥有这么多的兄弟姊妹;原来他趁这么多大小舅子、大小姨子、大小表舅子、大小表姨子,还有外甥外甥女侄子侄女表外甥表外甥女表侄子表侄女。这些人围住了他,一口一个坏了良心的,吃了虎狼胆蝎子毒的兔崽子王八羔子,吃着俺姐(妹、姑、姨),喝着俺姐(妹……),花着俺姐(妹……),用着俺姐(妹……),让俺姐(妹……)白晌黑下地伺候着抬举着骨碌着服侍着,你现在是怎么啦怎么着啦,你是升了发了涨了行市啦还是吃了邪药啦,你兔崽子王八蛋去了趟外国想休俺姐(妹……),你也不照照镜子!告诉你,老小子,今天教训教训你不是俺姐(妹……)的主意,实话实说,是你亲儿子、傅阿龙,他下月就出国留学去了,你娘的连知道都不知道,说,你给出了几万美金?阿龙这样出国,他不放心,他说他一个人负责,打死了你他偿命,有你这样的爹,他出国不出国都没有意思……

说着说着几个大嘴巴就扇上了脸,两个嘴巴上去耳朵就聋了,第三个嘴巴上去一颗牙齿带着猩红的鲜血吐了出来。大成还了手,他的手臂一挥一收再一抡,已经倒地三个了,但白家大小舅子外甥侄子人多势众,有三个小伙子从背后扑到大成身上,一个抱着他的腰,一个锁住他的脖子,一个用头向他顶过去,对面又来了一位,下毒手踢向他的睾丸,大成躲了一下,对方只是脚尖够上了一扫,就把大成踹倒在地上,不但疼痛,而且恶心欲呕。就这样死了也行,他想的是。

此后二十多年过去了,傅大成常常回忆与反刍这次全武行体验,这真是体验生活啊,仅仅生了活了并不够劲,你还必须深入生活,体验生活,回顾生活。他怀疑自己,是还是不是,第一次庭审以后,他面对应诉方律师关于甜美并不过分怪罪他,而且甜美、子女、亲友、社会舆论都认为他们傅家已经度过了二十多年的幸福生活,这样的说法不能不使大成为之动容。他甚至产生了停止离婚诉讼,死了心与白姐姐白媳妇好好一起过一辈子的想法。回想起来,摸摸良心,快乐的时候毕竟是有的,快乐的时候他甚至会自己调侃、耍戏也是安慰自己:一个大媳妇,年龄和块头都大,就像上了大马、大轿、大车、大戏台、大殿堂、大船与大海,他算是占尽了风光,享尽了情义,满溢了生命,他娶得值,他娶得赚,他上了老鼻子算,他舒服得大发了。这是另一种游戏、另一种福分、另一种迷恋;不是小鸟依人,不是逗弄单纯,不是今天爱了明天恼了的藏猫猫儿,不是小儿过家家,也不是切磋学问研究生的增加知识;而是天高地阔,纵横捭阖,滚过来爬过去,风月无边,浪大水深风劲。他爱白甜美,他当然也爱杜小鹃,他可以更爱杜小鹃,但他可以不与杜小鹃结婚而仍然与她红颜知己探讨哲学文学诗学艺术特别是交响乐,双方就这样说着写着唱着跐着吹着逗着玩着。其实他也能做到更爱白甜美。与白氏一起,他是吃大鱼大肉大虾贵州茅台,与杜小鹃在一起,他是吃鸡丝笋丝、莲叶米粥,喝清茶淡酒、松茸牛肉汤。关键在于,认真打一次离婚,是他对小鹃的道义责任,是他必须的担当,败诉驳回,头破血流,也好,他们当然必须听法律的听国家的听权威的，他只能服从。干脆败诉，听命于败诉，哈哈，其实不见得不是、很可能正是恰是他与命运、与人生、与司法、与社会主流的见识的和解与合谋。

挨完揍，他一下子怔住了。突然，他重新意识到了什么是现代化，为什么需要现代化，还有什么是前现代与半现代化。调解、调解，既然是调解，为什么上来了殴打？承认情，其实是为了融解与泛化爱情，讲恩爱是为了把爱情变成施恩与报恩的社会义务，最终是为了压抑与解构爱情。把爱情变成仅仅的与排他的道德义务，以道德的名义开打直到开铡。不，不，不。我不准备追究，活活打死了也不能喊冤，不能过堂。包括阿龙，他不可能打电话让乡亲大舅二舅小舅往死了揍我，同样，也不大可能是阿龙娘策划了家暴亲暴族暴村暴，毕竟是太不文明了。这里有老根子，有集体无意识，有义正词严的怒火高涨，你能不正视这种你不能接受的凶恶吗？但是不能报案，让儿子与儿子他娘明白吧，我让你们揍成这个样子一声不吭，屈死了不喊冤，屈死了不告状，饿死了不做贼，这是家乡人民的共识。这已经是我做到的最多与最好了。

可怜的白甜美啊，她在这个关键的时期，恰恰犯了一个许多自觉冤屈的女性多半会犯的大错误。她与子女全都对大成采取了排斥施压的方针，意在给大成明确他已经成为这个家庭的不受欢迎的人，他只有一条路，革面洗心，痛改前非，重新做人。然而，后果与法律，他们并没有明白。

在鱼鳖村挨了揍，此前此后又多次在Z城自家遭到冷落怨怼驱逐，大成睡够了会议室沙发，他干脆应邀跑到北京，与杜小鹃明火执仗地同居。大成说，知识分子最大的问题就是软弱，前怕狼，后怕虎，进退维谷，左右为难；贫下中农有斗争性思变性革命性，同时最大问题是眼光短浅，阿Q式的得过且过。他是农家子弟，学了洋文，赶上了又一次革命。一不做，二不休，思想解放了，闯了红灯了，松了绑了，观念更新了，要杀要刖要把我踢成太监，有什么招数全上来，你们全上来吧!

他的到京受到了京津冀报刊出版社的欢迎,约稿信络绎不绝。看不完说不尽让人精神振奋的北京啊!王府井新华书店,长安街灯火通明,东来顺涮羊肉,全聚德吊炉烤鸭,北海公园五龙亭与白塔,中山公园来今雨轩的红楼宴,颐和园长廊与昆明湖,万寿山下听鹂馆与北海公园仿膳的御膳美食,精损贫逗却又多礼掉文的胡同口语,喜欢作时政评论的出租汽车司机,男女老少到处跳起来的迪斯科后来又出来了街舞,踢鸡毛毽子与打太极拳,西直门外动物园附近的批发市场简称"动批",还有秀水街与红桥的廉价商品,千百个摊位吸引着全球游客与俄罗斯倒爷的国际商业区……无不吸引着大成,鼓动着大成,开阔着大成;再不必坐井观天,不必东张西望,不必探头缩脑,他就是要像此时的全国中青年知识分子一样,标榜思考的一代,标榜多梦的年华,张扬艺术的个性,高唱解放的新歌,开创崭新的生活。能崭新十年就是十年,能崭新十天就是十天,新意、新生、新方式、新风景,我,喜欢这个!

而北京是这样地朝气蓬勃,琳琅满目,高瞻远瞩,雄心壮志。杜小鹃帮助大成与中国女排取得了联系,傅大成打算写梁艳、郎平、张蓉芳她们的世界五连冠。他跑了几次,并且观看了几次球员训练。看到二十世纪开始改革开放的中国体育女郎,他看到了未来,看到了新新人类,看到了用拼搏夺取胜利的可能与必然,看到了什么叫健康、高大、伟岸、奋斗、突击、机敏、智巧、生龙活虎、反败为胜、势如破竹、创造历史、笑到最后。他的人生也是一样,四十多年过去了,事已至此,也算难得,比上不足,比下他是大有福、大成绩、大富富有余。譬如排球赛,后半场,特别是五打三胜的第五局,第五局的第二次技术暂停以后的后后半场,更较劲,更出胜败,更见结局,更见品格、技术、体力、耐性,当然也有运气,要显示全部综合实力,要奋力拼搏,拼足实了,更见天公地道、天佑中华,天助农家子弟傅氏大成!他面临的是新时期、新机遇、新方针、新人新老婆新住址新家庭新大都新北京新世界!

他关于中国女排的报告文学,大获成功。

世界上还有这样开心幸福的事情吗?你出生在贫下中农家庭里,你出生在早春、寒冷、土房、漏风的土炕上,与你同室的是一只小驴驹,它比你早出世大约十分钟。你生下来只有三斤十二两,相当于一九五九年改制后的三斤七两五。鲁迅的小说里呢?是九斤、七斤,最轻的也是六斤,老秤!你上完初中后被穷困所迫辍学。到十七岁了为"大跃进"的朝天热气推入高中。你被老风习裹挟着早早娶了媳妇,你当真能说自己是被害者吗?自古至今,连娥皇女英,帝尧的两个女儿嫁虞舜,也绝对与他们二女一男的什么爱情呀恋爱呀没有一毛钱的关系。湘君与湘夫人的婚姻也是由家长包办的。而这样的包办中,瞎猫碰死耗子,他碰上撞上的是美女,是白净健壮的女子,是实干兴家、能干贤惠、德言容功俱全的全活女生,加上改革开放时代的语境,她的丰满,她的吸引力,她的亲密无间融合协调都是令人赞美令人羡慕的,他享的福,说不尽也唱不完。

而就在与甜美中年大壮大旺大红大热之时,他碰到了撞到了更上一层楼的文运、仙福,才女、教授。访德之后,杜小鹃再进一步提升为正经教授啦!更是天喜桃花、红鸾桃花、咸池桃花、风流倜傥的桃花运。是李清照、朱淑真、管道升、柳如是式的才女,还是林徽因、龚雪、张瑜式的美人,小鹃她还有俄罗斯与法兰西的野性与不羁,兼具德国音乐家同时是前后两个音乐天才大师的爱人克拉拉的才情的中华奇葩。是历史波涛、时代巨澜、社会的突然兴隆万状让他们相遇相亲,是精神的而不仅仅是日子的习惯使他们互相成就了天使之遇、才人之遇、人才兴国之遇。

怎么到了北京住到杜小鹃家里他好像变成了另一个人?怎么北京改变人的内外心身的力量这么大?尤其是北京的中青年作家们,他们兴旺发达,会写会说,他们是杰出的脑力、体力、笔力尤其是口力劳动者!开跑吧,人生下半场进入决胜局的傅大成!

快乐中激动中的大成,下笔如有神助:几个青年男女在一处小小的屋檐下避雨,一个短篇小说出来了。一大群老者在东单公园清晨健身,舞剑耍刀,太极少林,一个老外在一旁观看,照相留影,又成为一首长诗的契机。一家又一家搬进新盖好的楼盘,写小说好还是报告文学好呢?天上地下,俯拾即是,如鱼得水,如鸟入林,原来写作是这样快乐,两岸猿声啼不住,轻舟已过万重山。天若有情天亦老,Z城已远鱼鳖小。

一张报纸刊登了当月好几家文学杂志的广告,竟有《人民文学》《收获》《延河》与《花城》上同期出现了傅大成的署名!春风杨柳,花枝招展,他赶上了什么样的机遇哟!全国都在讲机遇,他大成开始还不习惯这两个字,甚至觉得这两个字有点飘,等看到文学杂志广告中自己的姓名到处出现的时候,忽然明白了,机遇就是机遇,没有努力不行,有努力没有机遇你有戏吗?他想起小鹃给讲的故事来了,英国的一位汉学家,十分欣赏北京人遇到说没门儿即 no way 时,拉长声说成"没——戏——"即 no theater:没有剧院、没有戏剧效果、没有戏剧行当,还有可解为没有"战区"的设置。英国学者盛赞"没戏"的声腔,叹道:"看看人家北京人的说话,'no theater',看看人家那文化!"

到了北京,与杜小鹃干脆大大方方地同居,傅大成哥们儿,这就算有了戏了呗,他的"theater"正在唱响全国!"戏"离得开机遇吗?干脆,北京的文艺领导,决定了发商调函,请他到北京工作。他与杜小鹃的关系,也已经是不争的既成事实,是文学界的时代佳话。

第十八章　为妇女出气"哈勒绍"

一九八九年二月二十七日周一，人们大体上算是过完了六日的春节与二十日的元宵节，傅大成白甜美离婚案件，第二次"过堂"。两次过堂间隔已经两年零十个多月。此期间，法院民事庭、Z城文联与作协秘书长、Z城妇联、Z城工商局与工商联有关人员，都多次专程进行了调解，都没有取得效果。

到第二次过堂时，诉方强调自上次庭审以来，已经过去了近三年，这段时期，诉方一直无法回家，回家后即遭受责骂污辱，他与应诉方白甜美已经分居即将三年，已经构成事实离异的状态。这样的状态下还说什么感情尚未破裂，那就是不顾事实了。

白甜美虽说是聪明过人，但是过堂时她追求的是惩罚，首先是严惩婊子杜小鹃，其次是适当严惩向着当代陈世美方向发展的傅大成；她主攻目标是杜某，而对傅小子还要留情，这几方面她很明确，但是，让她坚决申明自己与姓傅的这位爷感情并未破裂，她说不出口。当审判员明确要求白甜美正面回答是否与傅大成感情破裂时，她回答说："恨死这个没良心的东西啦！我不能接受离婚，不能遂了小婊子与陈世美的心，我就是要耗死他们，你不让我过，我为什么要让你过！"

最后，审判长做出裁定：判决二人离婚。白甜美变声变色地喊着"冤啊——"向审判台一头撞过去。

婚姻离异案件易于产生情绪激动与非理性行为，这样的民事案件审理尤其是判决时一定要做好保全工作,这是法院工作人员都熟知的常识。法警其实早已做好准备,拦住了抓住了白甜美,前来旁听的Z城妇联的一位副主席跑过来后也拦腰抱住了甜美,审判员耐心解释说,这次判决并不生效,她还有上诉机会,上诉失败,也还有申诉权利……

白甜美没有再采取司法手段,她气得在家不吃不喝,躺了三天三夜。多亏子女、妇女与工商界多位领导,她的公司下属,她的各界朋友,苦口婆心,多方劝说。他们无例外地一律大骂傅杜二人的奸情,伤天害理、伤风败俗,必遭恶报。他们劝解白总,为时代争光,为妇女争气,认清世界与中国大势,决不为坏小子狗作家不齿于人类的傅大成殉情,他不配! 决不能把堂堂正正、德才兼备、才貌双全、实干兴邦的白董事长的命运葬送到两个于国无益、于民有害、于妻有丧尽天良之罪、于子女有丢尽面皮之耻的坏蛋手里。人民医院的书记还带着内科主任与中医科主任医师前来探视,带了一些镇静剂和助消化、舒肝平脾补气安神的药品。妇联副主席总结说,白总争气,我们要活得更好,人民是站在你这一边的,舆论是在你这一边而响彻云天的。这么干净漂亮能干的白董事长,怎能让两摊臭狗屎弄脏了你,当然要和这样的狗屎离婚。妇联担心的不是傅大傻子和你离婚让你孤苦伶仃,我们担心的是你这位爱国爱党爱民出色的女企业家,被狗屎熏出疾病来。这样的人跟他离定了,八抬大轿来接,也再不跟他小子过啦! 各位朋友,各位同志,各位兄弟姐妹,我现在与各位打赌,姓杜的姓傅的,他们的歪门邪道成不了事,他们的家庭建立不起来,建立起来也长不了,最多十几年,十几年过去如果他们的日子还能过得下去,我赔付你们每人大洋一千元,你们输了,我一分钱也不要,只要求现在的你们三个月之内给白总介绍一位对象! 必须是英俊能干的成功人士,气死兔崽子,气死王八蛋!

然后,副主席清了清喉咙,严肃认真、煞有介事地说道:

"同志们,朋友们,我给你们讲一个苏联赫鲁晓夫时期的故事,供白总参考借鉴。一九五三年赫担任苏共中央第一书记,后来还兼了苏联部长会议主席,也就是政府首脑。白总您听好了!六十年代赫鲁晓夫弄了个草原开荒,从莫斯科、列宁格勒……弄了一批小子去哈萨克共和国开荒种地。另外赫鲁晓夫继承了斯大林的政策,设立了母亲英雄奖励制度,生够十个子女的女人,成为全苏维埃国家级英雄人物,其家庭可以获得巨额奖金,购买芭蕾舞票和西欧丝袜子都优先。联共苏共,历来很注意,不能让俄罗斯族人口比例日益减少。

"有这么一家子,已经生了九个子女,还差一个,得不到大奖。丈夫伊万诺夫,给妻子伊万诺娃加油,说咱们再来一个,妻子说确实已经不灵。(众笑声)于是丈夫坦白招认,五年前在哈萨克共和国开荒时,有一相好,留下了孽种一个,现在已经满地奔跑,肯定是将来的国之栋梁、家之宝贝。只要自己明媒正娶的老婆包容,他准备立即登车东去,领回儿子,指标已经达到,请老婆明示,领还是不领——这笔奖金。

"伊万诺娃说:'你在中亚开荒,堂堂莫斯科男子汉,怎么可能不招中亚姑娘喜欢,快快把儿子拿过来,英雄功勋归我,我用四只眼睛等待!'

"'四只眼睛等待',这正是哈萨克斯坦的谚语,谚语的运用已经说明了伊万诺娃的文化包容肚量加随和认同。伊万诺夫盛赞诺娃深明大义,胸怀宽广,瞻瞩高远,唱着哈萨克流传六百年的民歌《美丽的贾奈》,贾奈也就是中文'佳人',立赴当年开荒失败之地,见到老相好,数日无话,带着三岁欢蹦乱跳的儿子长驱直入,来至克里姆林宫红星闪耀的伟大莫斯科。

"到了家伊万诺夫更是大呼小叫:'老婆子吾爱,雅留不留(我爱你),孩子够数达标,五万卢布到手是也!'

"老婆伊万诺娃,哈哈大笑,笑道:'达个屁标!你小子不在这十二天,咱们原有的九个孩子当中,已经有两个被他们的亲爹领走达标去了!'"听众一怔,大笑失声,掌声如钱塘江海潮。

义愤填膺、苦大仇深的白甜美家,爆发出一阵大笑! 人生诸事,全在一念,妇联同志的故事大长了姐妹们的志气,大灭了坏小子们的威风,战士的责任重,妇女的冤仇深,古有花木兰,替父去从军,今有俄诺娃,猛把英豪志气伸。男女平等万岁,巾帼胜过须眉,女同胞们啊,向伊万诺娃学习,一定要自己把握自己的命运,一定要把不忠不孝不仁不义又腐臭又脏烂的大男子主义气死吓死憋死勒死在咱们的手心!

语言的力量、思想的力量、文学的力量是无穷的,半死不活、心灰意懒、愁绪满怀、天昏地暗的白甜美,竟然被伊万诺娃的故事打动,她现出了笑容。所有女宾客都起立鼓掌,挥手高呼女权口号,干脆围着白氏客厅,小小游行示威了三圈圈。

此后,"伊万诺娃"成了白甜美的保留节目,成了 Z 城女权主义最新进口原产地俄罗斯制造的精神原子弹,白甜美带头,几位妇女英豪走到哪里讲到哪里,只要一讲,立马轰动,只要一讲,女生们立即原地示威游行,笑跳喊叫,欢呼吵闹,一直喊到白甜美热泪横流,女客们跳起霹雳舞街舞。然后受到教育的男客也跟着叫好拍掌,有的干脆跟随跳舞,头脑先进的男宾,则大喊:"欢迎伊万诺娃,到中国传经送宝!"

Z 城的人,编了一个民谣:

> 伊万诺夫一个宝,
> 拿回宝贝达标了。
> 伊万诺娃两个宝,
> 送走他们哈勒绍(俄语"好")。
> 一宝回来两宝走,
> 奖金也就臬特(俄语"不")了。
> 别看诺夫憨又壮,
> 诺娃把你耍了宝。
> 谁说红颜多命薄?

请君莫惹红颜恼!
红颜恼了满不论(读"吝"),
管教你,
人仰马翻、天塌地陷、丢人现眼、身败名裂,
跪完搓板跪碎瓷儿,
哈勒绍喂哈勒绍,
白:哈勒绍完了呢,同志们注意:
一个嘴巴扇过去,
满屋满地您就把牙找!

说是阿凤将这个"民谣"配上俄罗斯民间舞曲旋律,加上集体舞蹈欢跳,在私下场合唱闹得不亦乐乎。她解释说:"唱唱这个歌,出出气,免得我见了我爸扇他耳茄子!"

二十余年后,新世纪的中国面貌一新,Z城被评为精神文明家庭和睦先进市。

而离婚胜诉后,最狠狠的仍然是大成。甜美高声喊冤,向主审台案撞去的场面太惨烈了,她的脸面变形,她的颜容变色,她的声气变音,她的力气把两个法警又冲又拽得东倒西歪,几乎倒地。然后听到她的哭声,真可说是肝胆俱裂。

当晚他收到儿子自美国发来的电报:"倒行逆施,天地不容!"女儿的电报:"再也不是我爸了! 祸祸咱家,必遭雷殛!"

他一个月睡沙发,不想回北京,商调函到了,他也不办理,小鹃来电话,他不接。他梦见了甜美的死亡,他跪在灵前抽自己的嘴巴,他在机关会议室的沙发上狂叫,值班员过来叫醒了他。文联秘书长劝他办理调动手续,走吧,走吧。秘书长叹气不已。后来大成也是听到了邻国伊万诺娃的故事,听到了说是闺女私下唱红了的"哈勒绍",他竟也从苏维埃先进文化中得到安慰,终于狠狠离Z,回到小鹃身边,正式调入伟大北京。

又拖了两年,一九九一年,他五十一岁了,与四十六岁的杜小鹃,

扯了结婚证书。

　　赶上北京盛夏,闷热难挨,叫做桑拿天的气候持续半月。一上床一与小鹃近身,大成闻到了一股陌生的气味,他的脑海里出现了发妻的惨叫,出现了白氏的变颜变色变纹络变形状的绝望面孔,出现了白氏撞到不是台案而是铜墙铁柱上、鲜血四溅头骨开裂的场面,同时他听到了阿龙阿凤的恶咒。一点点对小鹃的爱怜陡地消退,他哆哆嗦嗦地说:"天太热了,我也老了。"

　　一次,又一次,大成说到了天热与年老。小鹃终于轻轻地、坚决地说:"要不,你还是回白姐那边去吧。"
．．．．．．．．．．．．．

第十九章　要不,你还是回去吧

要不,你还是回去,
左右为难,这又何必?
要不,就这样回去,
让她原谅和抱抱你吧,
她一定抱抱你,
抱抱你,抱抱你,抱抱你……
让我想念和想象吧,
我老是想念你。
想象和想念也许更美丽。

　　这是小鹃在一九九一年为新出现的大歌星甘若饴写的歌词。三个月后,杜小鹃收到了紫丁香女子乐团寄来的歌词使用报酬一千元,九行七十个字,平均每行一百一十元强,每字十四点二八元强,付酬标准,比当年的《未了想念情》只有二十元酬劳时,大为提高。

　　歌曲的成功不但使杜小鹃得到了高额酬报,而且大大平息了傅大成的忐忑烦恼。然后,杜小鹃充分用好了改革开放的大好机遇,一九九二年九月,小鹃策划了二人的皇家加勒比游轮东地中海加爱尔兰与匈牙利之游。一面旅游,一面讨论、交谈、分析、感触,终得了断与正果。

　　他们讨论奇妙的希腊圣托里尼岛伊亚小镇与费拉小镇美景,几千人的岛屿,每天数万人的游客,碧蓝澄澈的天空,洁白温柔的云朵,清爽欢乐的浪花,与蓝天和白云白浪相同色调的悬崖峭壁上的建筑。这里样样确实都是艺术品、展览品。导游介绍说,这里是离天堂最近的地方。他们二人讨论了未来在此个天堂里买一套房屋,作为"创作基地"的可能。

走街串巷,他们发现了一纸"告游客书",告示说:我们是小岛居民,我们要在岛上生活,请游客们理解我们的需要,请不要随地抛扔果皮、一次性餐具、包装纸与面巾纸等物。他们二人明白了,这里没有工业,没有农业,没有学校,没有表演舞台和新闻出版,这里只有旅游、旅游、第三还是旅游。小鹃提出一个问题:圣托里尼当然确实是一个美丽得令人心碎的地方,但是,如果一条船把你送到了这里,你带着足够的现金与信用卡,请你住在岛上写作,你能待多久呢?大成说他可以待三个月……但是在岛上过了三个小时、吃完午饭并且喝了一大杯物美价廉的、希腊农村土造干白葡萄酒以后,他改口说,他可以待三个星期,然后他必须离开,不然,他会在第四周的前三天内因寂寞而跳海自尽。

大成说:"我们中国可能缺少这样安谧俏丽的小岛,但是我们不缺少忙碌,不缺少惦念。不缺少亲友挑战竞技对手,各种开会学习讨论起底爆料,不缺少唱和与批判争执翻饼烙饼,不缺少拼死拼活的要干、必须干、敢干、非干不可或者非不准干不行,不缺少相取暖相碰撞相击打的火光与鞭炮,从来不缺少热闹和激动激情,不缺少笑的风哭的雨雷的鸣电的闪还有冻的冰发的洪,哪怕闹个蝗虫闹个蚂蚱也铺天盖地气势不逊于航空表演甚至是空降敌手的突然袭击。我们那里从来不缺少发愤图强还有日理万机,紧迫感与忧患感加上使命感胜利感,各种感感感,这些个感都木有了,还活它的嘛玩意儿呢?"

小鹃提出了一个尖锐的问题,真生活在天堂里,会不会寂寞得不想活下去了呢?

他们边讨论边叹息了很久,他们的共识是,人不可以活得过分幸福,过分幸福的人不可能成才,不可能有内涵,不可能坚毅与淳厚,不可能有生活与奋斗的意愿乐趣。他们还分析,绝对的自由的代价往往是绝对的孤独,哪怕你的身旁多了一个人,你也会不愿意承担对他或她的关照与妥协。而孤独的结果很可能是空虚、虚无,最绝对的自由其实说不定是自杀的自由。当然,伟大的德国哲学家康德例外,他需要的是自己的一人的有规律的生活。

而对于他们俩,谈话与冲突,实乃是他们的最大享受。

也许人需要的不是地上的天堂,也不是一味乐园,而是充满活力、充满希望,也充满挑战和危机的人间人场。人从早上笑到晚上,再从夜间乐到黎明,从今天舒服到明天,再从去年享受到明年,那是幸福吗?幸福产生于奋斗,奋斗针对的是艰难,艰难的核心是危险与困苦,危险的本质是对人的威胁,如果生活里只剩下了享受、旅游、舒适、满足、歇息、抚摸……或者只剩下了思考,思考,还是思考……你怎么活下去,你怎么思考下去呢?

他们对游轮旅游也交换了心得。首先是本国旅行社宁愿将游轮写为邮轮,他们忌讳"游"字?怕见到游字联想到舰船出事,游水逃生的可能?这种中国独有的文字崇拜与文字禁忌、文字计谋、文字做局、文字自欺,是灵活还是小小的狡猾?可说是儿童心理,幼稚有趣。其次,小鹃一点就透,一琢磨就通,游轮在旅游中可不仅仅是交通工具,它与飞机、火车、汽车的性质不完全一样,它不仅是将游客从 A 地运载到 B 地的手段,更提供了特有的享受,海景、海风、轻柔的摇曳、温和的颤抖、日出与落日、朝霞与晚霞、海平线与星月风光,还有绝美的船舶上的餐饮、酒吧、派对、咖啡厅、剧场、博彩游戏厅、舞厅、浴场、健身器材、书店、画室、摄影室、健身房……以及各式停靠、登陆、回返,包括离室入室与社交结识的机缘与方便。游轮,提供的是一个精致、特别、集约、享受的海上仙界。上船是游,下船还是游,睡醒了是到一些景点的匆忙奔跑吃喝购物游,睡着了也在漂流,也如微醺,也要游仙,还在陶然,更得好梦,更是超级自恋自赏自得的神仙之游。

大成也陶醉于游轮客舱,小小的双人间外带阳光舱,他坐在外舱欣赏舷窗外的蓝天白云日月星空海燕海鸥飞鱼飞鸟,更欣赏既轻摇又平稳、既飞速前进、浪花飞溅、又宁安从容,既蓝绿又雪白的海浪海波海水海路海风海笑,那种逝者如斯的感受,那种新鲜与文静的莫名,那种伤感的甜蜜,那种瞬间通向着的永恒、永恒切碎现时为一个个瞬间的自怜与笑靥,那种异国他乡的奇妙兴趣,那种人间各处的惦念与祝福,那种悠然与辽阔,那种海上船游的充实感与无事感自由感,海上游轮的现代感豪华感牛气感与全部投身于大自然大海洋的开拓感加渺小感,也尝到了一种在逍遥与享受中,似乎比在艰苦与奋战中,更快更方便更轻易地老去的战栗感,使得他流出了泪水。

皇家游轮之后外加了爱尔兰首都都柏林。他们看了音乐博物馆,他们奇怪人们的这种奇特的思路,音乐是叫你听的,但博物馆主要是叫你看。小鹃说,现在欧美渐渐又红又紫的十九世纪末奥地利作曲家马勒,特点之一是他的乐谱用目光欣赏起来美得不得了。乐谱能美成这样的还有苏联作曲家肖斯塔科维奇,她是听指挥大家李德伦说的。音乐和爱情一样,需要视觉的美感。

大成则说到著名的物理学家杨振宁,杨科学家写过:此生的一个遗憾是没有向公众展示够高等物理学的公式方程式的美感。科学家还说,"性灵出万象,风骨超常伦"……用这两句诗来描述狄拉克方程和反粒子理论,是再好没有了。

小鹃说,她希望有一位科学家赏赐给她一幅物理学数据图,再要一页马勒的五线谱复制放大图,她要装裱起来挂在他们家的墙上。大成快乐地晕眩,生活质量呀,文化质量呀,时间与空间质量呀,爱情内涵呀,一切的一切,都具有了怎样的可能!人要的是善良,人要的同时是知识与理性的决绝!

更令二人感动的是爱尔兰大作家詹姆斯·乔伊斯故居,乔治北街35号小小一个三层楼,杂乱无章是它的特色,里头放了世界上各种研究乔伊斯的著作与他的艰涩的名著《尤利西斯》,而一楼的小卖部销售印刷上了乔伊斯名言的文化衫,一句话立刻击中了中年新婚的傅杜二位作家的心,乔伊斯氏说:对于这个世界,我的对策是:沉默、(自我)放逐与一点计谋。大成说:"我大吃一惊,我还以为他是读过老庄的中国作家。"

他们还去了匈牙利,布达与佩斯间有链子大桥,桥下的多瑙河,仅仅"多瑙"这个译名,加上对于奥地利约翰·施特劳斯的《蓝色的多瑙河》、罗马尼亚扬·伊万诺维奇的《多瑙河之波》直到捷克贝德里赫·斯美塔那的《沃尔塔瓦河》等的记忆与回想,已经让新婚中年夫妻如醉如痴。

他们拜谒了马克思主义大学者卢卡奇故居。卢卡奇的马克思主义哲学与文艺学建树,世界知名。一九五七年匈牙利事件中,他参与了伊姆雷·纳吉集团,与街头闹事的人群结合在一起,最后被苏军镇压。纳吉与他的同伙被枪决,刚刚就任匈牙利社会主义工人党领导人的卡达尔宣布:卢卡奇本来是书斋中的好汉,现在,回他的书斋好了。卢卡奇好赖保住了脑袋,一九七一年去世。

卢卡奇的故居确实就是一个大书房。一九四五年全靠着苏联红军的力量,从苏联回到匈牙利的卢卡奇,成了学者里的 VIP。他的工作室正对着河、链桥、山麓,墙上挂着妻子年轻与年老时的照片。他们无法设想卢卡奇的心境。回到书房,是本分也是宽大处理。更稀奇古怪的是,"四人帮"曾经将纳吉的帽子硬是往邓小平头上扣。然后,笑柄成了笑柄,潮流滚滚向前。

这就是幸福,这就是新时期的新生活,他们一起畅游欧洲,他们可以讲一些外语,小鹃的英语足以使用,法语可以对付。大成的俄语算得上乘,英语可以对付。旅行欧洲,没有不便。看到景物,说出背景掌故渊源与旅游攻略,由此及彼,由实话虚,说不尽的话题,说不尽的道理,说不尽的八卦,说不尽的学识,外加佛法与大道、法兰克福与布达佩斯学派,可以在屎尿中,更可以在名山大海胜景古堡、教堂宫殿、故居陵墓之上张扬。五十多岁了,他总算尝到了不仅是夫唱妇随,如鱼得水,白头偕老;更是凤凰于飞,鸾凤和鸣,相知相契,同心同趣,相看两不厌,只有城中鹃……古往今来,对对双双,有几对夫妻赶得上他们的福与富! 富岂在金钱,更在头脑、思想、知识、学养与品位风趣,尤其是幽默、想象、风度。杜小鹃与傅大成正规划着共同写诗学与小说学的高等学校教科书各三卷,写一部高校用世界文学史,编一套世界文学经典选粹……更不必提才情万种、手到擒来的诗篇与长中短篇小说了! 文章本天成,妙手偶得之。只要真情在,花开旺四时!

此次旅游中,小鹃带头规划了每两年一次的出境游,一九九四,俄罗斯,伊尔库茨克——贝加尔湖、莫斯科、喀山、圣彼得堡;一九九六,美洲,纽约、新英格兰地区与加州,外加墨西哥;一九九八,日本与韩国,还要去柬埔寨的吴哥窟与印尼的巴厘岛;到下一个世纪,他们还要走南半球,澳大利亚、新西兰、古巴和巴西。她还提出了要与大成去看南非的好望角,要看印度洋与大西洋的汇合与区分,也许他们能赶上跑一趟南极呢……

人生究竟能有几次这样的快乐时光? 是畅想,也是决意,是好梦,也是日程,是随心信口也是推敲计量,是对于世界与天地的吞吐豪情,也是知识与见闻的积累渐增信心,是现代化地球村意识,也是对李白与徐霞客的回想,是过客也是游吟,是考察研究也是走马随缘。比幻想还幻想,比神涌还神涌,比诗还诗,比散文还散文,比情人情,比恋人恋,比眼泪还泪眼,比微笑还笑微的五十岁的新婚啊! 你什么都带过来了,什么都可以想,可以试,可以做,可以捉摸,可以乘风高呼,快乐的风啊,快乐的风啊,大笑的风啊!

但是,但是,太快乐了就有但是。毕竟在离婚官司中他给了白氏太多的财务的补偿,出境旅游的钱绝大部分是让小鹃花的,他的"但是"感,令他忽然不爽。他高兴到头了,就不那么高兴了。

快乐地旅游以后一个月,他竟陷入了乐极生悲的困局。他读一本文学双月刊,发现了一篇小说,题名叫做《私奔》。这似乎是一个陈旧的,也许是腐朽的词儿,是一个相当讨厌的词儿。不私奔,难道要公奔吗？同时他立即想起了白氏,想到原来的家,"私奔",就是私奔,是指的他吗？离开了原本的妻儿,发了狠,勇了敢,新了奇,豪了华,坏了良心,甚至在白天,脑子里一再出现他的原本、他的家室、他的子女、他的乡村、他的后来的工作地点Z城、他的自行车摊档,他会突然出现喉头与全身的一种奇特反应,会好模好样儿的在家里的一角,出现一种奇特的怪叫惨叫闷叫声响,而且随着叫喊浑身颤抖一两下,令小鹃吓得大叫：

"你怎么了？"

"我没有什么。"

"你要什么？"

"没要什么。"

"你在喊谁？喊什么？闹什么？炸什么锅？"

"什么都没有。没想也没说。"

"你吓着我了！"小鹃狐疑而且慌乱地说。

第二十章　快意咏新歌

后来，好了，一周以后，不怪叫了。

只是大成晦暗地唱起了上小学时候学唱的《四季相思》，歌的曲词是黎锦光作的。他只爱唱其中的几句：莫不是，他在外，另有一个，女婵娟？少年郎，年青郎，你可不要，把良心变！

这是一个很老的老歌，作曲家哥儿八个，都是大人物，大哥黎锦熙，语言学家，至今台湾还在使用的注音符号ㄅㄆㄇㄈ的创始人就是他。三哥黎锦晖是一代作曲家。老七黎锦光，除了《四季相思》，还作过《夜来香》《采槟榔》《满场飞》等，由于他是在敌伪时期的上海红了一阵的，二战后他也受到了不轻的惩罚。而大成，是在改革开放以后两年，一九八〇年才从民间买卖的胡乱拷贝的劣质盒儿带上学会了这首流行于四五十年前的日伪时代的歌曲的。大成忽然唱起这样一个老流行歌曲，有一种百无聊赖，还有一种自悲自叹，甚至还有一种自我埋葬的意图，在饱满洋溢的现代化快乐中，他一下子回到了四五十年前，回到了日军占领时期，回到了到处是变心、是坏心、是分离、是不归、是无望的年代。

唱完了古老的《四季相思》，他一跃而唱起革命人永远是年轻，他好比大松树冬夏长青，他不怕风吹雨打，他不怕天寒地冻，他不摇也不动，永远挺立在山顶……他甚至也十分留恋大海航行靠舵手，万物生长靠太阳，雨露滋润禾苗壮……歌曲的跳跃完全改变了人的精神面貌。唱了几回，后来受到小鹃的制止，才没有大声唱下去。他吼叫道:"真棒啊,真真的棒啊!"

小鹃说:"过去你也是这样的吗?有时候你让我有点怕。"

"不,我过去从不这样。"大成这样想了,但是没有这样说。他自问:"是不是也是更年期的表现呢?"

越洋旅游是来劲的,国内各地高校、文联、作协、报刊、出版社的邀请,一波未平,一波又起,也创造了大量国内旅行的机会。我们祖国多么辽阔广大,她有无数田野和森林,她有无数青年热爱写作,她有无数讲堂恭候光临!

他不会忘记兰州市内的黄河,迂回情深。敦煌与麦积山的雕塑壁画,百代风光。新疆巩乃斯草原,宛如天堂。喀纳斯湖碧清似玉。额尔齐斯河从这边向西北经哈萨克斯坦进入北冰洋,它是全国唯一朝西北而不是向东南流淌的河流。湘潭与韶山的故事日月同辉。大寨的艰苦奋斗作风经得住考验。大庆挺立红旗不倒。来到了《金瓶似的小山》里唱的西海,原来就是青海湖。宁夏中卫的羊杂碎令人销魂。你说杭州的美景消磨志气吗?伟人在这里谋划了惊天风雷。十万工农下吉安的豪情仍在井冈山震荡。优雅美丽的安徽安庆老民居,永远的思古之幽情,悠长之文脉。张家界的美景突然打动了全国,包括港澳台与海外。

还有不能不提的四川呢,成都的武侯祠与杜甫草堂,熊猫基地,乐山沙湾的郭沫若文苑、郭沫若故居,永放光芒。两个人对于郭沫若被一帮无知的喷子胡乱辱骂,深为不平。二人说起来一面对郭老怀念不已,一面为夫妻二人的完全一致而极度欢喜。

多么幸运,生活在一个古老的求新求变求飞翔的大国里,你看到了红旗招展,你经历了锣鼓喧天,你呼应了人海心潮,你发现了好与更好,新与更新,小作家们戏言:江山代有才人出,各领风骚三五天!你期待了人间大变,你发现了奇葩异彩,你的生活像三级跳,你为你一辈子经历了旁人的至少三辈子而骄傲自豪……

于是陕西小说大家贾平凹写出了商州系列的第一部《浮躁》,文坛承认了小贾的实力。于是人人浮躁,个个浮躁,事事浮躁,每个人都说自己也说他人也说社会还说个人除了浮躁还是浮躁了。大成想,我的这一切经历一切所为,也是浮躁的表现吗?人家程颢大师的诗句是时人不识余心乐,将谓偷闲学少年,而我莫非是时人不识余心焦,将谓卖萌学浮躁吗?

想想吧,你走了多少地方!上车就睡觉,下车就尿尿,照片一大堆,到哪儿全忘掉,也是去过。不但要去,而且在于妙悟,在于知道要能吸收能推敲能欣赏能哀恸更能为每天的所见所至而接受生命的快乐、信息的沧海、知识的宏伟与文化的坚守。这里有灵与肉的挣扎,有爱与痛的拼搏,有美与善的陶冶,有诗与歌的升华,这里有每个个体只有一次的生命哲学、生命文化、生命享受、生命奉献、生命伴侣,赞美合唱、共舞、锤炼、对答与挺举、论辩华章、多部和声,红日高升,烛照天地!

他们在一些场合参加了对于新现实主义的研讨。其中一个话题触动了他们的神经。有没有爱情?有一篇名家名作,说是没有爱情。有利害,有交易,有门第,有性生理、性变态、性间谍、性犯罪,有性公关与性政治同盟,有两方或 N 方的家族纠纷,各式婚姻中百味俱全,五香五毒俱至,万事俱备,文武昆乱不挡,反正就是没有爱情。持这种观点的人物言之凿凿,千事万例,老到精准。谁维护爱情,谁不过是酸的馒头,sentimental——伤感的,多愁的,没有长大的小儿女,那是幼稚,那是天真,是老古董即是小儿科。

他们二位的说法不一样,性里有诗有情有戏,男男女女里有梦有相思有泪有殉有谜语,有赴死不辞的爱。你想要什么?你要诗要情要思念要悲情要喜悦,你觉得没有达到你的期许,有可能要不到,有可能要到了反觉得不过如此。终其一生还是没有得到多少?就更珍贵。付出了大代价大牺牲,终于得到,终于和鸣于飞,良辰美景,花好月圆,那才叫不负此生。你根本不信不想不坚守不追求,无梦无爱无泪无盼望无等待无讨论无誓言也无忏悔,你就只剩下了冷漠,只剩下了应付,剩下了阴谋诡计,你干脆白活一场,性冷淡,情冷淡,命冷淡而且生冷淡;当然,也还有奸夫淫妇,人财两空,爱情浪漫曲变成了刑事犯罪案件纪实,几乎十个晚上中的九个晚上,法治频道都会给你讲这样的故事。

他们的联合发言有人鼓掌,也有人轻蔑地一笑。

他们的出游规划,比预想的慢了一点,减少了一点。平均三四年落实一次,倒也不差。小康是越来越大越来越康了,国内走得多了,国外也走得多了,随着国内的飞跃发展,他们越来越感觉到神州大地本身结合各种文化推广普及交流活动的旅行甚至是比国际旅行更加美妙了呢。

同时是他们贤伉俪的电脑化网络化信息革命书房革命智能革命热潮。后来一直发展到厕所革命与垃圾处理革命的大波。小鹃的朋友当中有一位人士经营家用电脑,这使先是小鹃后是大成我为君狂。一九九一年买了286,一年后一九九二年换成386,加买了针式打印机。两年以后一九九四年,又变成486与喷墨机,同时装上电子邮箱。当他们说着 E-mail,说着伊妹儿,或者港台的叫法叫做猫儿的时候,当他们张嘴闭嘴先是说着什么 DOS,后来是什么 Windows(视窗),什么乱码,什么死机,什么 XP——"叉屁",什么格式化,什么软盘硬盘,什么 U 盘,什么微软,什么比尔·盖茨与乔布斯,什么扫描与存盘的时候,他们兴奋雀跃,他们感到的是现代化国际化时尚化的恩爱有加、蜜里调油,他们感到的是他们的爱情新码铺天盖地。他们先是学了拼音汉字输入,后来又是五笔型又是自然码甚至也涉猎了台湾朱邦复先生的仓颉码输入法。而他们的打印机也进入了彩色激光,与电话的留言机连接、数码复合……

此情可待成追忆,只是当时已惘然。

不,从来没有什么惘然,虽然有过迷糊,有过顿足,有过哭笑不得,有过抓瞎,但仍然是昂然、陶然、浩然、欣然、决然、怡然、沛然!

兹后转眼,这一切都成了过眼烟云,人们谈论的转移为苹果呀华为呀手机银行呀滴滴打车呀什么的啦,立即加上了几乎全部生活项目,音频、视频、输入、输出、翻译、复印、贮存、查找、加工、核对、购物、订票、寻人、求偶、征婚、征友、留学、求学、求职、看电影与体育比赛、银行全部业务,除了现金,手机兼通摄影与录像……间谍与恐怖分子,都利用手机,公安与安全机构,也同样有效地利用手机追人逮人破案立功。

还有各种稀奇古怪,这一切都与他与白甜美的婚变、他与杜小鹃的结合、他的来到北京搅和到一块儿,变成为一体了。总结一下,这叫历史,这叫发展,这叫变化,这叫二十一世纪的开始。于是,东北人都是活雷锋,翠花,上酸菜,韩国鸟叔的纯朴幽默兼耍丑舞蹈,刀郎的《二〇〇二年的第一场雪》,尤其是龚琳娜的神歌《忐忑》,啊哦,啊哦诶,啊嘶嘚啊嘶嘚,啊嘶嘚咯嘚咯嘚,啊嘶嘚啊嘶嘚咯哎,啊哦,啊哦诶……都来了,都来啦。

是的,苦恼,更是幸福。怪异,但更有趣。变数,所以一面眨眼一面目不转睛。速成,所以,速灭。生活的发展,快得你眼花缭乱。昨天忒旧老,今日且婆娑?瞬息成往事,思之亦蹉跎。难忘终须忘,当歌自有歌!掐表计分秒,快意咏新歌!

呵,他们的爱情随着全球化信息科技的进化而进化,随着新世纪的技术的扩展与更替,肤浅与哄闹了半天,也有扩展、更替,发展是硬道理,大众化的同时还有肤浅化与闹剧化,也难免。日新月异,天翻地覆,好上加好,神上加神,他们的爱情生活日益便捷舒适,高效海量,无边无沿,就地旋转,晕眩慌张。他们的爱情里有原始的情欲做爱,有新近输入的益发无耻折腾玩命的垫上体育技巧,有文学诗学、音乐、戏剧、美术造型的切磋琢磨,有英语、俄语、各种印欧语系直到阿尔泰语系与汉藏语系的性文化婚姻文化,有比较人类学、发展社会学、比较语言学与比较文学,还有呼啦一下遍地开花的网站、电视电影视频抖音的零碎起哄添彩,有各种电脑终端、手机型号,天天升级、日日抗病毒、防黑客……的挑逗与游戏,再往后,又有了夏利、捷达、本田、大众、现代、奔驰、奇瑞、红旗、宝马、福特开始风驰电掣,入户入家。爱情正在与科技,与生理学药理学心理学,更与全面的现代化、摩托化、数字化、人类命运共同体化历史进程相连接,相交流,相补充,相加热。他们,终于赶上了快乐的日新月异的二十一世纪的伟大进展喽!发展,发展,发展的飞速使他头晕目眩了哟。

第二十一章　神秘的烤箱究竟要烤什么呢

　　然后二十世纪就这样过去了，人们为爱情，为发展，为和谐，为理财与基金，为速度、效率、质量、性价比，为挣钱买房升学求职结婚离婚继承发展刷卡报名提升上告辩诬避孕或生育，还有查癌细胞防癌细胞杀癌细胞做肠胃镜，为一切的一切，为幸福与更幸福与更更幸福都付出着辛劳，付出着未必不昂贵的代价。到处是车声笑声手机声声声入耳，好事坏事段子事事事关心，开心、精心也有时候忧心更常常是闹心。

　　傅大成杜小鹃，文章越写越得心应手，调性高昂，销量看涨级别涨，版税充盈情意盈。杜小鹃的小长篇《孵蛋记》发表了，又一阵激动出现在读者与文学圈子中间。

　　然后开始了新世纪的跋涉，生活上二人情感开始了稳中走低，更年期的天命不仅对于小鹃，对于大成也不无苦恼。莫非更年期也有传染性？小鹃连续欠安，睡不好吃不好，腰痛腿痛，胳臂痛脖子痛，脚后跟痛完肩膀痛，脑门出汗脖子出汗后腰出汗，如此这般。大成也跟着发生，你痛我也痛，你惊我也惊，你汗我也汗，最后，傅大成干脆明确，自己也提前进入了男子更年期。

　　二人正式结婚十一年，领证前恋爱十一年。真正领了结婚证以后大成才发现了小鹃爱管人爱制定与督促实现规矩的特点与领导力纠正力管制力。也许应该算是组织能力吧。每次吃饭前与如厕后要监督洗手，洗手要用蓝月亮洗手液，不能用舒肤佳。洗手不能在洗脸池中洗,说是网上说了,脸池中的细菌含量多于大便后的抽水马桶。洗手时放水不可过大,过大是浪费水,不可过小,过小洗不干净。不干净就得接着洗,费水更多,更多用水又仍然洗不干净,未免愚蠢糊涂,不堪造就。尤其是大成在卫生间用自来水时,他受到了全面预警,一怕水珠,不管是手上的脸上的身上的毛巾上的衣物上的,说是只要落在地上就会污染全室,然后是鞋子,然后是地板其他地方。其次是水龙头,用完关紧了没有,不紧会漏水,漏水是天大的失误,害人害己害家害国。关得太紧了没有,太紧了会伤害龙头,龙头拧豁了可能洪水喷溅,水灾临头。再有就是卫生间内适才大成用水处附近,溅了多少水点子,包括梳妆台上、地上、四周悬挂的物品上乃至天花板上。一次大成洗头,事后硬是发现天花板上有水迹,大成说是蒸汽冲天,凝结附着于天花板后,缓缓液化成水,终于滴落,面对物质三态的变来变去,本不需要大惊小怪。小鹃说是大成涉嫌甩手甩发太过,把水珠甩到了头上五尺天花板,动不动瞎使劲,是大成的习惯特点之一。小鹃并强调,关键不在于水迹怎会出现在头顶之上,而在于,洗完头就往外走,为何没有善后意识、责任意识、收尾意识、便利他人意识。如果是日本教授日本作家日中文化交流协会成员,做法就会与你完全不同。为什么不同,他们有良好的学前教育基础,即幼儿托儿育儿园所教育基础,而要有好的幼儿园,先要有好的幼儿师范教育,等等,事关民族性,以及明治维新时期他们占了先。大成立刻指出:正是这种亚洲人的脱亚入欧的优越感的膨胀,酿成了二十世纪的日本大误大祸大难。他们即使洗手时不溅一滴水,又有什么用?他们溅出来的是邻国与本国人民的鲜血。小鹃马上指出:形而上学化与政治化,是大成的论辩武器之一,一人也好一国也好,其 A 优点掩盖不了 B 缺点,同样 B 缺点也掩盖不了 A 优点,我说你应该学 A,你说他还曾经行 B,多么不讲道理,想当年孔子与苏格拉底,绝对不是这样与人对话讨论学术课题!

　　远远无法止于此,用完卫生间,香皂盒可能没有关得严实——不利于保存香皂芬芳,也没有放在原地原位——显示了杂乱无章,而例如周恩来总理,从来放置物品,条条理理,整整齐齐,一丝不苟,从无乱象。毛巾是否拧干,是否正正地搭在铝棍上,两端距离是否相等相当。马桶内外是否溅出了屎尿分子,逆推倒逼站立小便时是否妥善地打开了马桶盖子。洗澡前后是否换用了最适用的拖鞋,一切表象到了福尔摩斯那里都可以找到根据与实质,而用小鹃的语言来说,可以从中检查出傅大成半个世纪前受的学前教育的长短得失来。大成乃极力颂扬杜小鹃乃是福尔摩斯式的教育家。

当然,舒肤佳还是蓝月亮,甩出来的还是水蒸气升上去的,这不能算问题,更不能说是瑕疵,与更年期不更年期也无大关系。大成甚至想,这正是出身名门,受过良好的学前、初等、中等、高等、研究生直到博士后教育的恩爱夫妻生活的一个特点,要生活,更要规则、清洁、整齐、程序,我们生活在一个程序时代、人工智能时代,没有程序就没有一切,包括做爱与临终关怀。这些从理论上讲起来不费吹灰之力,但是说多了大成就想到白甜美的名言,"门当户对还是门不当户不对?"与大学毕业生傅大成相处,甜美有压迫感,那么贫农的儿子与世家名媛杜小姐相处,他会不会有什么敏感之处呢?

当然,话又说回来了,夫妻不叮当,夫妻不辩论,夫妻不争执,夫妻不碰撞,还要夫妻干什么?夫说什么妻就是什么,干脆一夫一机器女就行了。妻说什么夫就什么,干脆一妻一机器男就行了,干脆自己跟自己结婚就行了,干脆自己把自己阉了劁了就更行了。事已至此,他必须坚定坚决坚守坚持,他必须死死顶住,他与小鹃就是天作之合,就是天仙良偶,人间头一对,世上拿摩温(No.1),他与小鹃之爱是绝对的,无条件的,不需要也绝不允许讨论分析的。绝对地要如诗如画,如仙如死,要嘛有嘛,是柏拉图同时是唐璜,是梁山伯与祝英台,也是秦始皇母亲赵姬与她的情夫嫪毐,当然,更是徐志摩与陆小曼。可徐志摩与陆小曼又算什么呢?他们算得上"低头的温柔",还是"不胜凉风的娇羞"吗?嘻嘻嘻嘻嘿嘿,在真正的又火、又杂、又疯、又伶俐、又生命、又宇宙、又文化、又记忆、又追求、又历史又时代的爱情与生活面前,徐志摩的诗轻如鸿毛,随风飘去……

也许这些清官难断的家务事,处处皆然,不足挂齿。但是大成还是觉得遇到了一件奇事。二〇〇一年,铁路物流科将一个体量相当大的电烤箱,包装完整地送到了他们家里杜小鹃名下。烤箱是德国原装,带着许多按钮电门,耗电量是两千五百瓦。从送货单上可以看出,是老革命老作家廉方正发的货。年已八十三岁的廉先生写了"贺杜小鹃、傅大成先生喜结连理十周年",他的字魏碑体,很有功夫,略显歪斜。这样大的礼物,送礼者是那样大的年纪,还有就是十一年前他与小鹃拼死拼活地成婚时候没有听说老人家有什么动静,十年来也没有听说他与小鹃有什么联络,现在忽然出了一个德国原装大型电烤箱,这可真应了家乡俚语,老爷子的所做堪称是"冷锅里冒出了热气",莫非这里头当真有点什么情意结,有点文学性耄耋性饕餮性情商性的浪漫神经的抖颤与弹拨演奏了吗?

大成轻描淡写了一下自己的狐疑,小鹃哈哈大笑,她说,她到浙江时去看望过老爷子,老爷子不是一般人,年轻时候,他在白区打入国民党的秘密情报机构,千难万险,九死一生,他的这些经历至死也是不能流露出一句来的。日本时期需要他的是潜伏,当国民党的特工的时候需要潜伏,加入了共产党闹革命更需要潜伏,日本投降了他到不了解放区根据地还要潜伏,解放战争胜利了,他还得潜伏。解放后根据形势的变化与他自己的非功利志趣,他选择的是风花雪月,是文章千古,是志士高歌,更是儿女情长。至于他为什么对小鹃如此友好,这是一个不需要提问,不可以提问,未必有什么理由可讲的话题,这不过是自然而然地表现着廉老的终生好打抱不平,好同情常触霉头的才女,这么一种文人气质与脾性罢了。

然后离奇化的是德国原装大烤箱的命运,大烤箱放在二人小家庭厨房最突出的地方,每一个到过他们家的人隔着厨房门已经为洋洋大观的大烤箱所震慑。但是小鹃从来没有试用过本烤箱一次。小鹃说明，第一，本烤箱的说明书只有德语，她读不下来。第二，烤箱构造复杂，火力强劲，用起来容易发生手指肢体烫伤乃至器具损害直到火灾。第三，烤箱体积太大，烤起食品来浪费能源，并会出现焦化油烟，影响室内空气质量。第四，赐礼物者是一位特殊人物，礼品的纪念与符号意义大大高于实用意义。就是说，老爷子未必是从形而下的意义出发，而多半是从形而上的意义上送来此物的。这主要是一个纪念品，不是厨用工具。老爷子的心意不会是为了劝诱二位后辈多烤面包馒头片或者鸡翅鳟鱼。他们接受馈赐的目的也不是为了用电烤加热取代烟熏火燎水蒸，他们睹大烤箱而应该想到革命前辈、文学前辈、外语前辈，睹大烤箱而应该接续文脉文统道统革命传统，并应该从而想想马克思黑格尔贝多芬歌德一直到海德格尔与卡拉扬。

小鹃的雄辩使大成一头雾水，他甚至怀疑小鹃的大脑发生了一些问题。尤其是当他试图动一下廉老爷子送的堂堂正正的大烤箱时，被小鹃坚决地阻止了。他简直是无名火生，现在家中并无他人，他与小鹃二人而已。他傅大成既不是家电内行，又没有高尔基那种在俄罗斯所属鞑靼共和国首都喀山市打工，做面包师的经历，但他一眼看出，电烤箱不管个头儿多大，无非两个操作，一个是电源开关，往往兼有使用时间预设功能，一个是温度调节功能，本烤箱高温可以达到二百八十摄氏度，而他当年在Z城，他的白氏甜美，已经用过高温三百摄氏度的小小烤箱了。廉老赠送的大烤箱还有一批小钮，标明不同的烤制任务的不同温度与时间选择，例如烤全羊或半羊的时间最长，三小时左右，烤面包片的时间很短，约三至六分钟。其实这批旋钮与其说是实用的，不如说是花饰性的，是做技艺状，做设施复杂周而不比的德意志君子状。烤制什么食品，用多少时间，有几个白痴需要看旋钮呢？哪个中国人不懂得要随机应变，具体地分析具体情况是马克思主义的活的灵魂，也是中华文化传统的重中之重，命中之命。只有德国人煮个鸡蛋也要开定时器，估计他们接吻做爱抚摸也要预设定时的。如此这般，那为什么小鹃硬是不允许他动一动烤箱呢？由于他不是高级知识分子世家子弟？烤箱烤出来的东西是暖而香的，主食副食、荤食素食、生食熟食、甜食咸食辣食。烤烤可以消毒，可以烤出诱人香气，可以有利咀嚼，当然首先是使食品具有各方推崇的时尚褒语：有温度。为什么硬是弄来一个或者自天上卸下来一个大烤箱，却在烤箱内部仅仅放上一本德语说明书小册子，做出打算将说明书烤熟烘香的样子。而且小鹃倒打一耙，质问道："你有什么必要跟我较劲，非烤吃的不可呢？不用这个洋烤箱，在铁锅里烤，在饼铛里烤有什么不可以的呢？"

确是不可以理喻。但毕竟这不是他的朋友赠送的，而是一位对小鹃情有独钟的老爷子，老谍报员，老作家，老知识分子赠送他大成的老婆而不是大成本人的，他又有什么需要坚持的意思非做到不可呢？

更可怕的是，一个半月后，二〇〇二年年初，《文汇报》上登出讣闻，优秀共产党员、著名作家、翻译家、学者廉方正同志，因病去世，享年八十四岁。那天晚上，小鹃哭了。

看来，他的大德国烤箱具有向杜作家留下遗言的意思。看来这是老学者生命的最后结尾时，他想留下的一个"未了情"。

几个星期后，一次趁着小鹃不在家，大成进一步研究了一下烤箱，掌握了此箱的一个极简单的特色：它的两大旋钮电门，不用时按入箱体，使用时需要先轻轻一按，然后圆柱形的电钮扑棱一下横空挺杀而出，令人忍俊不禁。莫非……这时小鹃进家了，一见大成在动烤箱，便勃然大怒地吵闹起来。她不再做任何宣讲，只质问一句："你明明知道我不愿意你动它，你偏要动它，你为什么非与我作对不可呢？你为什么成心让我生气呢？"

不合逻辑了，也就更无法讨论切磋了。人需要一点乖谬的趣味，女性更需要，妻子或非妻情人更更需要，而且是文学的不可或缺，需要逻辑，也在追求非逻辑，也在寻找奇异、温暖、冷酷、巨大与抽象，还有纳闷。女子最希望得到的包括对于她的照顾、让步，理解的要让步，不理解的更要让步。乖谬有时成为一个生命的过程，吸引，挑逗，潮汐，高峰，还有反刍。你应该有所理解与略加欣赏。乖谬是想象力，也是文学与爱情的调味素，没有一点稀奇古怪的故事是乏味的故事。

第二十二章 幸福总是携带着一点尴尬

有一个情况不知道是哪一位让另一位尴尬,或者谁跟谁都不用尴尬。大成一天不知道有几多次把小鹃叫成甜美,有时是白甜美,连姓氏也干脆搞错。小鹃则偶然将大成叫成立德。立德是小鹃的十九岁时的非婚生子名字,后来慢慢知道的。大成叫小鹃为甜美的时候,一开始,小鹃现出一点愁容,后来,愁容改成苦笑,苦笑完了她会吁一口气,然后苦笑变成皱眉,然后皱眉变成了闭一下嘴唇,无可奈何,也还有一种难讲的疲惫。小鹃叫他立德的第一次,大成毫未在意,他问"什么?什么?"小鹃笑了,说"是我打了个磕巴",什么事什么话也没有发生。第二次第三次,大成终于听清楚了,他说:"鹃鹃,你在叫我'立'什么'德',立德是谁呢?是你曾经的男朋友吗?"

"不,不,不是。下回我再给你说吧。"小鹃说。

大成翻了翻眼睛,他们的谈话接续不下去了。

过了几天,那天两口子恩爱了一回,小鹃说起了她的青少年时代,她说得勇敢直爽,她愿意把心中的死角黑洞都亮给大成,大成就是她的太阳,大成就是她的阳光,大成就是她复仇解怨的生命金箍棒,扫荡她生命中的垃圾病毒,闪闪放光。她想,她要说,她要唱《噢索罗密欧》,拿波里民歌,中译《我的太阳》,帕瓦罗蒂看家歌曲。但是大成云雨一番之后困劲上来了,他喃喃地说了一句:"知道。《无法投递》。你真傻,真的。你不怕狼叼走孩子吗?现在还跟我说这个?""狼叼走孩子",语出鲁迅的《祝福》,说的是祥林嫂老是重复自己的自责。然后他打起了小呼噜。

有什么办法呢？只差二十三分钟。如果恩爱后再陪她交谈二十三分钟，她愿意给他跪下，她愿意尊他为男神天光。她不知道入睡以前，老大不小的小鹃献给老大不小的夫君这样一个未必高雅也不承认是罪恶的故事到底是爱还是傻，爱与傻，谁也离不开谁。然而，他不听她的了，他说《无法投递》是她的小说，是她的叫春呼偶的哭喊，他不想不厌其烦地再听。她想起十九岁非婚生的儿子来了，她从生下他的那时脸上刺下了代表通奸的红字。想不到还有改革开放的今天。她想念她的儿子，她不知道儿子最近的去向。如果她现在见到儿子了呢？她要给他起名叫"字雄"，妈妈脸上刻上了耻辱的红字，儿子乃积健为雄，娘也雄。

次日大成起来似乎有些察觉，小鹃的脸上缺少了幸福感与满足感，但是他为自己解释，小鹃要说的是她自己的非婚生子，是她的一件很难说是多么光荣多么开心的往事，再开心也开不到他傅大成这边。她要说的是女孩子的一件太差太傻太天真太轻率的事，他表示了不感兴趣，即使是老婆，可以赤诚光腚相见，却绝不需要审问一个更年期女人的少年隐私，光着腚讲你的热情和诗歌小说、讲你的艳丽与美妙绝伦吧，不必不须把你的隐痛与受辱至极透露光光净，情深似海也好，心乱如麻也罢，最后最终，不过是一笑了之，最悲是洒泪一掬，洒完齐活。千头万绪皆飘散，两语三言又何寻？往事非烟终需舍，一脚踢开更随心。他说："鹃，聊供参考，'无法投递'作为小说题目，未若'无从投递''无须投递'也！"

杜小鹃立时感到了大成的意见的正确性了，她的眉头更皱，笑容更苦了。

过了几天，两个人聊起《红楼梦》来，大成说："曹雪芹《红楼梦》的前四十回中四十回太伟大太生动太丰富了，这样的作品是注定无法完成的。就像《圣经》里说到上帝创世，要有光，要有日月星和昼夜区分，要有生命，要有人，要有食物……多么条理章法。但是想一想,造成了万物,尤其是造成了人,也就乱了套了,上帝管不了!你想想咱们去的西柏林教堂,那个靛蓝色的耶稣像,是多么失望和无奈,多么悲伤和痛惜!耶稣面对二战后的德意志土地与人民,上帝的儿子也不能不肝肠寸断!"

"耶稣还爱人类吗?"那年看完西柏林教堂里的耶稣,他们两人曾经讨论过这个问题。然而,按照《圣经》的说法,人类为了登天,在巴比伦修起了巴比塔,是上帝愤而毁坏了巴比塔,分离了人类。那么,是上帝希望着人类的分离与争拗的吗?

上帝不允许人类攀登天堂的啊。

而且,新盖的西柏林教堂一侧,是二战中炸成废墟的老教堂,它没有清理与迁移,老教堂废墟保留原汁原味,以为永远的警示。

还有他们回忆起来了,教堂下坡是一个广场,广场上雕写着各国文字,中文字是"春"。春,嗯,很好。

然后,他又说:"说是善作者不必善成,善始者不必善终。更多人说善始者众,善终者寡。孔子还强调,真正的大人物,君子,是言不必信,行不必果的。这与后世的我们强调言必信,行必果,很不一样。所有的影片与电视剧都是这样,开端,第一集,你看得目不转睛,等最后了呢,不过如此,有堆积,有矫情,有重复,有拖沓……这就是人生?这就是电影?这就是物理学工程学上讲的耗散效应?"

"什么意思?"小鹃没有找到感觉。或者她拒绝傅大成的话语所指。

"所以要珍惜,要宝贵,要养护,要施肥浇水培育,坚持到底,一百年不要变,万古长绿。"

"坚持什么?宝贵什么?可能耗散着什么?你是说爱情吗?你是说咱们俩?"

大成拉住了小鹃的手说:"一切。一切成果,奋斗的成果,痛哭流涕的成果,建设的成果,改革开放的成果,流血流汗的成果。我们的爱情随着时间而巩固与充盈,但是时间也会使我们的珍爱一点点耗散与衰减……"

"不，不是的，我不信。真正的爱情一直爱到骨灰罐，什么叫坚持呢？爱情是美，是幸福，不是表决心的咬牙切齿。"

她抽回了手。她走了。民政局一位老同学要她去，说是谈她儿子的事。

大成在外语网络上读到了一篇文章，谈到一九九一年丹麦科学家首次发现，在过去的五十年中，男性精子数量减少，据说这与快餐、驾车、热水浴、笔记本电脑、手机、吸烟、交通污染都有关系。而在日本，性冷淡已经成为地域与民族特色，十八到三十四岁的人当中，百分之六十四的人没有"对象"，百分之四十三的人是处男处女，百分之二十四的人性冷淡。而进展神速的人工智能正在制造能带来超级"性福"的男女伴侣……著名物理学家史蒂芬·霍金说，地球将在二百年内毁灭，他还认为人工智能将带来巨大的灾难。

他当然不太相信。

他又暗自庆幸跳跃，瞧他这一辈子，怎么什么都赶上了啊，全活啊，封建包办的婚姻，现代派的文学写作与出游，二战、朝鲜战争、千秋万代的中苏同盟与苏修亡我之心不死，性突围与婚姻再造接着是性冷淡，打麻雀与非典，后现代的千奇百怪……

还是唱《太阳岛上》吧：

> 明媚的夏日里天空多么晴朗，
> 美丽的太阳岛多么令人神往。
> 带着垂钓的鱼竿，
> 带着露营的篷帐，
> 我们来到了太阳岛上。
>
> 小伙们背上六弦琴，
> 姑娘们换好了游泳装，
> ……带着真挚的爱情，

> 带着美好的理想,
> 我们来到了太阳岛上……

大成唱了又唱,好像又回到了那个幸福的年代,《祝酒歌》《在希望的田野上》《边疆的泉水清又纯》《妹妹找哥泪花流》《难忘今宵》……他想念也相信好歌,他知道,是先有了《太阳岛上》这首歌,邢籁等作词,王立平作曲,郑绪岚演唱,其后,有了哈尔滨太阳岛上一系列堂皇的景区建设。那是一个以歌曲创造幸福的年代,那是一个以歌曲驱动生活的年代。

坚持相信和热爱美好的歌曲吧,相信真挚的爱情与美好的理想吧,相信与坚持欢乐的酒杯;你不要把良心变;小妹妹似线郎似针,哎呀,穿在一起不离分;我们世世代代在这田野上劳动,为她打扮为她梳妆,我们的未来,在希望的田野上,人们在明媚的阳光下生活,生活在人们的劳动中变样吧!

第二十三章　至人无梦

形势比人强,实际比心愿强。感谢改革开放的全面启动,感谢俄罗斯男女的憨直痛快的笑话,感谢妇联的建构与运转,当然也感谢法警的保全效能,她白甜美没有一蹶不振。她与当地民政部门合作,主办了助残与养老的民营事业。她设立了不止一家养老院,优先雇用了残疾人做医疗与清洁服务。她连续几年给希望工程捐款,给红十字会捐款,受到好评。儿子多次邀约她去美国一游,她不想去。儿子十多年中回来过两次,她很高兴。儿子给带了美国大松子与美国产的以色列面包,她喜欢。儿子带来的乳酪,她吃得不多,而黑巧克力,她能接受。带来的棉织针织、羊毛羊绒服装也相当合身,毕竟她是大块头型女中豪杰,美国可不缺大块头。女儿大红大紫了一阵子,三十一岁急流勇退,结婚成家,给妈妈当助理,变成了妈妈主办的助残敬老连锁养老院总经理、总院长。

妈妈在与爸爸离婚后,患有一种类似帕金森症的手颤抖病,女儿给妈妈雇用了一位驾车司机老郑,本地满族即旗人,兼职给母亲做点饭。如果只是开车,甜美这里已经有公司的三个司机了,老郑来此则以司机之名行贴身侍应之实。老郑此人极讲规矩与礼貌,从来是服装清洁整齐,纽扣严实到位,见到谁都起立,满面春风,注意倾听他人说话,而且手艺全面,除驾车外,管儿工电工,都拿得起来,尤其是他会做饭也喜欢做饭。白总十分自信,她本来最讨厌的就是好好一个女人自己不做饭让他人做,他人做的菜她也是十盘中至少否定九盘。

老郑能做到对白总言听计从，字字聆听，句句照办，不打折扣，居然给女老板做了三年菜，让极善执炊并极其自以为是的白甜美夸奖连连，奖励不断。阿凤将此情况告诉了哥哥，哥哥称道不已，阿龙甚至多次询问阿妹，老郑身高形象、生辰年月、家室情况、人品个性，有没有可能与老娘做伴成双。被阿妹骂了一顿，几年美国，昏了头脑，忘祖弃本，必然变成老娘眼中的大坏蛋。

又过三年，阿龙学成探亲，见到郑叔。他一回家先将老郑正名为叔，然后察言观色，旁敲侧击，多方接触，掌握全息。他在临行赴美就职前一天，与郑叔密谈两个半小时。

一周后，郑叔辞职。总经理总院长阿凤与老郑密谈，知道哥哥点了一把火，知道老郑的非礼勿视、非礼勿闻、非礼勿行、非礼勿思的原则性与严肃性，对他嘉奖多端，诚恳要求他仅仅从仗义行义人道主义角度，继续服务五年，年薪二十五万元。阿凤总经理指出，她哥哥在美国喝了迷魂汤，大脑进水，匪夷所思，一切话语劝告建议，全是放屁。费了九牛二虎之力，老郑坚决请事假一个月，以示心迹。

女儿发现，老郑的不在使母亲心神不定，心里明白了些，当着母亲的面，一再夸奖老郑的为人、才艺、谨慎、克己、沉稳、谦逊，尤其是老郑身上那种老派旗人的文质彬彬多礼敬主的风度，她赞不绝口。同时一再说明，老郑是由于家中急事，回去处理，一定会如期回来供职。母亲才踏实了些。

二〇〇三年五月，华北一些城市成为非典型性肺炎疫区，Z城也被波及。六月，白甜美呼吸系统有些不适，人们都很紧张，老郑生活服务更加周到细心亲密，全心全意，决不顾及自己。一周后甜美发烧，来了急救车要将甜美拉走，老郑大喝扑过来，自称是甜美表弟，而且他也在发高烧，他的病更重，他绝不允许将甜美一人拉到隔离区去。胡搅蛮缠，振振有词，被呵斥多次，几乎挨了静电警棍，最后，一并拉到了隔离区专设病房。历时半月，两位都诊断无大挂碍，恢复了自由人身份。

阿凤通过这个生死关头的活剧，感觉有了新的认识和希望，确认了郑叔的称谓，缓缓与母亲谈起老人的未来，谈起郑叔，谈起她们的事业，尽量使用了欢欣鼓舞、吉祥如意、亦中亦西的词语。她说："咱们可真走运，有了郑叔，郑叔是万能型人才，开车、修车、电视、电脑、手机、座机、烹调、餐饮、管儿工、电工，您说他哪样不精？除了不多说话，不搭讪，不东张西望，更不问东问西，他没有闲篇，没有废话，没有打听和议论，他什么做不到？有了他，不求人，万事通……"

妈妈笑了，十多年了，她终于笑得这样舒心。

说到谈婚论嫁，母亲态度慎重，她说："不提这个话，也许我们还有十年二十年的缘分，提起这个话题，我只有三成把握，另外七成我告诉你：就是人家立刻转身走人。小郑在乎的是一个礼数，他更愿意在公司里得到信任和好收入。我比你爸爸大五岁，他最后嫌弃了我，男人都是这样的，他们觉得媳妇太大了丢人，他们受不了媳妇脸上的皱纹和眼睛下的袋子。与你郑叔比，我大八岁，我能跟人家过几年呢？"

"妈，您想这么多做什么？过一年算一年，幸福不要求绝对久远。永远幸福，当然好；一段幸福，幸福一段，比老是不幸福仍然好过；爱过，幸福过，就好。毕竟，现在是新世纪了，您说呢？妈妈，您是多么不容易呀！"女儿哭了。

妈妈也哭了："闺女，我其实都知道。你们不明白一个道理，我都快七十了，男人女人，上哪儿平等去？你做梦吧！你妈能混成这样，你就磕头吧。你六十八九了想当新嫁娘，人民的唾沫活活淹死你。中国男人，从女老板那儿挣钱，他能接受；给媳妇当下属，从媳妇那儿领工资，非说这是吃软饭不可，这叫丢人，没戏！你哥哥上次回国，已经与我说了，我一声也没吭。但是我警告他，不可以与小郑胡说八道。我知道，他与小郑肯定是说了什么，小郑才请了一个月的假。人家要脸！咱们是中国！跟祥林嫂相比，跟我姨比，我就够幸运的了。我姨十八岁结婚，十九岁死了丈夫，她守寡一辈子。你嘛话也别说了,尤其不要与你郑叔说什么,你要是说出去,我只能是死路一条!谁让我赶上这个点儿,这个八字儿了呢?我还得看,咱们的国,咱们的家,咱们的城,咱们的乡,怎么个变化法。我也可以了,我也对得起这一辈子了,连你爹我也不打算说他什么了,听说,跟那个娘儿们,他们不一定过得下去呢。"

这大概是中国固有的网络,固有的人—工—智—能,人网!老子李耳,早就提出了天网的概念,而天网体现的正是人网,口传耳,耳接心,心通口,每个活人都连着千万亿条网线网点网舆网情网人或者叫网民。十余年过去了,恩怨情仇,已经淡了许多,双方的情况仍然互相连通。连通联想,藕断丝连。大成甚至也听说了老郑,他暗暗祈祷甜美的晚年过得好一些,他近年获得了一些版税,他给两个孩子都汇了钱,给阿龙的钱是在银行兑换成美元汇过去的,而阿龙的银行账号是阿凤告诉他的。可悲的是他给阿龙汇去的六千美元阿龙拒收。

而甜美,不知道根据什么,她得知大成与"那个娘儿们"不那么热乎了。她甜美并非一个恶人,但是这个傅杜情渐冷的消息,毕竟让她舒点心。

第二十四章 神童现身满乾坤

又是发表作品，又是出国访问，又是短短几年完成了从讲师到教授到博士生导师的头衔三级跳，又是孵蛋成鸡，还是惊心动魄的打离婚与结新婚的主角与推手，又是插足第三者，又是投递与情书，杜小鹃闹出的动静很不小。原来收养她儿子的一位海南岛官员，终于将真实情况告诉了养子立德，立德通过文学报刊寻找母亲，找到了，又拖了两年。二〇〇五年，来到北京。是年立德四十一岁，一米八，七十五公斤，母亲小鹃六十岁整。立德更是不简单，自幼聪慧异常，一九八〇年十六岁时被合肥中国科技大学少年班（神童班）录取，后来又在瑞士苏黎世联邦理工学院获得硕士、博士学位，回国后当了天津大学教授。他首次从文字上找到了自己的改革开放明星范儿女作家亲娘，他从作品中深切感觉到老娘是真有两下子：人家风是风，火是火，言语闪耀，歌笑灿烂，机敏犀利，热气腾腾，天地同辉，锋芒毕露。哪怕被弃四十一年，一想到这样的娘亲，仍然咸与荣焉。苏黎世就学的五年生活，也使立德更加体会了中国的国情特色，离开了国情，你干什么都是靠不住的。终于约了会面，立德从天津乘高速火车赶到北京。小鹃含泪，面红耳赤，一时无语，除了对不起你、对不起你地重复以外，她找不到语言，也找不到感觉。儿子的伟大的身份，过人的外表，甚至于给小鹃一种迷醉，我的儿子，我的儿子，我的十九岁！愚蠢天真，灯蛾扑火，不管不顾，雷鸣电闪，熊熊火焰，人体炸弹，与其委屈，宁愿粉身碎骨……四十一年不见，仍然一见便知的儿子，他的左眉上的小痣,他的笑容,他的嘴角的微波动作,仍然似有印象,仍然牵心扯肺。儿子说,二〇〇三年,他得到了母亲的地址,但是他不敢来,不知道他到底应不应该来。

看来他下这个与生母会面的决心也有一个过程。听到这里,小鹃泪下如注。

他的聪明智慧,神童,天才,这本身就是正义,就是青春与人性的胜利,就是时代,就是天命无失,天道恢恢,大公大正,弹无虚发,枪枪十环。他的到来带来了骄傲和光辉,说下天来,他的生命来自我这里。可又带来了惭愧和痛心。她终于哭出声来了,她哭成了一团。即使如此前所未有地沉痛,大成仍然从小鹃的目光里看到火星,看到兴奋,看到光芒。儿子过来拥抱着她,说:"不哭。"儿子说,来前他读了他能找得到的母亲的所有的书,他理解母亲爱母亲,为自己的母亲骄傲,为改革开放欢呼,改革开放万岁! 当他想到是他的出生给母亲带来了困难的时候,他甚至感到抱歉的是他自己。现在是太好了,他会常常来看母亲。他第一次来,给母亲留下了七千块钱。他严正宣示,他有一个伟大的妈妈,伟大中国缺少的正是这样的敢想敢干敢说敢写的妈妈,这样的母亲会使中国人的精神面貌焕然一新,会使中国成为全新的中国。听了儿子的历史性结论性断语,小鹃浑身颤抖,给儿子跪下了,儿子也跪了下来,搂住妈妈狂亲,母子的泪水混在一起,哭声、叫声、笑声、闹声混在了一起。

立德在母亲这里住了一宵。小鹃从网上找了小时工大厨,为儿子做清蒸鱼、焖对虾、排骨藕、京酱肉丝、铁板豆腐夹肉馅……儿子吃饭的时候,小鹃一会儿想起拿来日本酱油,一会儿想起拿来香港蚝汁,一会儿想起拿来黑加仑与蓝莓,一会儿又想起拿来酸奶油与俄罗斯黑鱼子。大成甚至觉得小鹃犯傻,她在添乱,她闹得谁也吃不好这顿饭。大成沾光打牙祭的时候又突然闪过了一个念头:再什么大厨什么四十一年未见的亲儿子什么哭哭笑笑什么花了一万八千,做出来的菜也赶不上白甜美顺手一拨拉的白菜粉条与肉片烧茄子,一边待着去吧,菜肴里的灵性天机,与学历与职业教育证件与工钱无关,与出手大方更不相干,甜美的手艺你们谁能摊上十分之一呢?他的想法使他自己打了一个寒战。

不论吃谁做的饭,他的结论只有"白甜美万岁"五个字!

立德与大成相互都很客气,立德声称对大成久仰大名,立德声称完全相信未曾谋面的母亲,从傅老师这边得到了满满的幸福,说得大成摇头摆手,说是谈不上,谈不上,却又同时觉得此刻自己的反应并不得体,甚至涉嫌推托,有点像农村小知识分子的狡猾,啥事啥话都注意提前金蝉脱壳。但是"满满的"云云,正如"哇噻""演绎""不尽人意"之类的港台汉语一样,恰恰是大成所轻蔑的。

而大成最喜欢的是立德与别人说话时专注地注视着对方,毕竟是苏黎世名牌高校的硕士博士,这就是教养,这就是现代化与精神文明,这就是儒家的恭敬之心,这也是国际文明标准。大成发现,同胞中有许多自以为是的人五人六儿说话根本不看人,甚至握手时也绝对不看你,而是看着别处。同时,大成也感觉到了这位教授的神童班经历,至今保留在身,与母亲说话的时候他表现出,大成认为甚至是表演出了:极感兴趣。他知道母亲的非同寻常,同时他脸上表现出来的是自居高位的爱怜与不无嘲讽的洋洋自得。还有,大成的经验是,这样的人除了自己的专业,说不定别的方面知识与悟性,情商与常识都很有限。

于是杜小鹃的生活又一再掀起了高潮与新高潮。兹后儿子立德带着妻子与小鹃的两个孙子来了。小鹃一下子儿孙满堂。儿媳妇也不是善茬儿,是在美国加利福尼亚州学电影的,现在临时充当家庭主妇。两个孙子更是活泼异常,他们一起吵吵闹闹,动手动脚,一直登上了大成的书桌,二人站在大成书桌上进行空手道竞技,都摆出了李小龙加李连杰的架势,互点穴位,互有擒拿,推手扫腿,纠缠进退。大成觉得太过分了,又不好意思正颜呵斥,寄希望于小鹃出面为他保留书桌净土。但小鹃看到这个此生从未遇到过的翻天覆地场面,激动、欣赏、娱乐、开心,鼓掌喝彩,只觉生机无限,美不胜收,他们的到来以一当十,以十当千万,使全家开了锅,升了温,如火如荼。

……大成甚至躲出去了几天,在家他无法读书,更无法写作,无法享受同等同质的天伦之乐,又无法靠边站不加塞儿不讨人嫌,他当然认识得到,此时大成个人的生活兴趣习惯安排应该适可而止,必须是理解与欢迎自天而降的这么一大家子而不可有任何不适应与不愉快。同时他想念自己的儿女,想念儿子的错别字与闺女的"攥花",想念他们一家与安徒生的亲密无间。多么奇怪呀,现在,他与小鹃谈论李商隐与曹雪芹,谈论乔伊斯,谈论我终将遗忘梦境中的那些路径、山峦与田野,遗忘那些永远不能实现的梦,谈论《追忆似水年华》的作者普鲁斯特,谈论杜拉斯与北岛,谈论加西亚·马尔克斯与杰罗姆·大卫·塞林格……两人相恋成婚历经艰险伤痛摇摆,幸运成全以后,小鹃就没有再提过一次安徒生了,大成提到时,小鹃露出了不感兴趣的表情。彼一时也,此一时也。《海的女儿》时期,爱情与天使与弥赛亚(救世主)同义,现在呢,谁还在期盼爱情的救赎呢?爱情在心,那是山雨欲来风满楼。爱情在床在饭桌在怀,那是每天二十四小时,每周七天一二三四五六日。现在,呵,杜博导、杜诗人、杜作家和文体家,傅大成夫人,后来到底还知不知道,或者还记不记得她自己也在作品里倾心赞美过的《海的女儿》?

包括丹麦人,虽然在哥本哈根矗立着安徒生的美人鱼雕像,加上全部斯堪的纳维亚国家,他们的民众,与"海的女儿"拥抱过的有几个?理解"海的女儿"的男女,有几个?而迷"毛片"、迷玛丽莲·梦露、迷麦当娜与碧昂丝的又有多少?他想起了不久前见到赵光彩时听到的段子,一位美国艳舞超级女明星,到了我国驻该国使馆文化处,要求到中华人民共和国首都北京天安门广场进行凌晨零时半至三时的歌舞表演,声称该时间段不存在影响市内交通的问题,而她的着装与动作将一切遵守中方习惯与要求,只求公开上演两个半小时。

对"海的女儿"的思念发生于《无法投递》时期,在写出了《孵蛋记》以后,杜小鹃宁愿多谈钢琴家与两度大音乐家知己克拉拉,尤其是曾经谋求暗杀古巴革命领袖卡斯特罗的玛丽塔·洛伦茨。她说玛丽塔还卷进了肯尼迪被刺案,她还说玛丽塔的母亲就是中央情报局间谍。说是古巴的卡斯特罗被暗杀了六百余次,都没有受害;但这些与爱情是一种什么关系呢?与美女间谍的暗杀与魅力的高端性危险性拼搏性戏剧性相比,那种已经获得了完成了固化为结婚证书了的爱情是多么平庸与乏味啊!他无法不相信,爱情成为了眷属以后,永远再追不上写起来唱起来演起来跳起来乃至画起来的美妙与理想。难侍候的人哪,理想实现不了,你宁愿为理想而献身,理想实现了,你永远不会全面与长久地满意再满意,欢呼再欢呼。他已经六十大几了,他不大可能写出与《红楼梦》与《海的女儿》与《罗密欧与朱丽叶》相颉颃的文学作品来了。那么如果他傅大成好好写一本美女间谍暗杀的故事,他的书可能发行一千万册,他可能获得近亿元的版税。而一本爱情故事呢?三万册就很不错了。再过几年呢?他们谈什么样的爱情?也许他们该谈莎乐美与希律王,西门庆与潘金莲、李瓶儿、庞春梅?至少,也得谈法国浪漫作家梅里美的卡门了吧?

而孪生孙子的到来使小鹃成了真正的慈祥老奶奶。是从海的女儿过渡到演变到海的老祖母了吗?她有了大儿子,她有了受过良好教育的美丽儿媳,她更有了一对活宝式的精力四溢的孙子。她干脆与两个孙子闹在一起,她抱他们,背他们,哄他们,与他们玩藏猫猫、翻手打手背、弓箭步单双手互拉看谁前腿先动、叠纸船、水枪,还找出了一截绳子,奶奶干脆与孙子与儿子全家一起跳起绳儿来。小鹃表演了她的双跳技巧,即跳起后迅速抡动绳子,让绳子在自己脚底过两次,一跳两圈,风驰电掣。她给包括小孙子的家人讲,奶奶(妈妈)是湖南人,是辣妹子,是恰(吃)得苦、耐得烦、霸得蛮、不怕死的湖南衡阳人。她尤其讲得生动的是,衡阳妹子唐群英,为了争女男平等权利,扇过与孙中山齐名的宋教仁一个耳光。讲得旁听的傅大成,也大开眼界。衡阳归雁岭,慷慨说群英,蛮霸小鹃好,终回嬷嬷情。不论讲得怎样慷慨激昂,很难说小鹃在失而复得的后辈儿孙面前有什么激越的抒情与表演。大成反而觉得,小鹃有了变化,与过去标榜自己的文学、英语、爱情浪漫相比,她现在更大的关注是做妈妈和奶奶,是吃喝、炊事、玩具、儿童医学营养学与教育学……当孩子们不在,当大成与她谈到谁谁的一篇新作,谁谁的一点绯闻的时候,她显出了不明就里与心不在焉的神色。而当她向大成发问,谈及湖北莲藕与浙江莲藕哪个更适合做糯米桂花蜜汁莲藕的时候,大成甚至一惊,他一个北方佬,不但没吃过,也没有听过这些江南吃食,小鹃向他提出这样的试题,究竟是什么用意呢?小鹃又问,鳜鱼,现在餐馆里都写作桂鱼啦,会不会就没有谁认识这个鳜字了呢,尤其是,鳜鱼,清蒸、干烧、松鼠翘尾、糖醋、砂锅熬汤,你的趣味是爱吃哪一样呢?

大成觉得未免蹊跷,除了在餐馆里偶有一顾以外,他从来很少与鳜鱼打交道的经验,小鹃十余年来也没有提过做过与他切磋交流过鳜鱼的烹调与口味散论泛论漫谈刍议,现在与他讨论起来了,这是碰巧了?这是由于二人谈资匮乏?这是荒诞手法?这是某种生活调教和心理暗示?渐渐地,小鹃案头出现了一批烹饪书籍。大成想起了自己给甜美购买《中华名菜谱》与《大众食堂菜谱》的旧事,无限依依。旧赋何曾旧?新诗未必新。几番烹美味,数度陷迷津。常忆应常恨,乡情念乡亲。生活本淡淡,不必怨词人。

有一次,小鹃突然兴奋执炊,宣称她要做的是北京东来顺名点"奶油炸糕",宣称她已掌握了中华料理秘技,她跳跃如一只猴子,核心技术在于,"奶油"炸糕其实不用一滴奶油,而是用蛋黄,被炸的糕其实不用一勺糯米或黍米之粉,而是用普通面粉……大成诧异不解,是技术的不解,更是心态的不解,后来慢慢解了,奶奶之情,嬷嬷之心。他后来又发现小鹃在学与练一首新歌,也许是老歌,她学得唱得庄严肃穆,涕泪交加。他问话问不出来,细细聆听,捕风捉影,他慢慢地查网站,终于查出了这是郎毓秀演唱的,黄自作曲,钟石根作词的电影《天伦》主题歌词:

人皆有父,翳我独无?
人皆有母,翳我独无?
白云悠悠,江水东流,
小鸟归去已无巢,
儿欲归去已无舟。

莫道儿是被弃的羔羊,
莫道儿已哭断了肝肠,
……奋起啊孤儿,
警醒吧……
收拾起痛苦的呻吟,
献出你赤子的心情,
老吾老以及人之老……
服务牺牲!
…………

  大成也落了泪。天伦重于泰山,人心深于北海,母子祖孙情撼天地,老老幼幼所愿,慷慨牺牲奉献!

第二十五章　谁为这些无端被休的人妻洒泪立碑

又过了五年,二〇一二年了,白甜美七十七岁,傅大成七十二岁,大成对于自己突然变成了"老家伙",颇感莫名其妙,更是一筹莫展。这一年甜美尤其是"突然",发作心脏病过世。人生太突兀,来去无常数,几多哭笑后,云深无觅处。恩爱或无端?怨悲岂有故?一别成飘渺,啜泣泪如注。

傅大成赶到了Z城,去参加葬礼,受到儿子冷淡对待,警告他"离远一点,别让妈妈的在天之灵添堵"。一直到葬礼结束,临别时候,儿子走过来,大成恍惚听到了儿子阿龙说:"我要说,妈妈是被你傅大成害死的,你良心何在?你怎么有脸来给妈妈送葬?"他身上一个激灵,一阵冷气像一条毒蛇一样沿着他的后脊椎从尾椎骨一直爬到脖颈上,他几乎晕倒在地。

……女儿对他稍微好一点,到Z城人民医院住院病房告诉他,母亲的最后几年爱说:"一切都是由于赶上了,或者没有赶上,一切都在于你碰上的是哪个点儿。"母亲说过,不再恨爸爸,她甚至说过希望往后孩子们对爸爸好一点……女儿说,母亲相信,爸爸也会明白的。女儿相信,爸爸也会后悔的,因为女儿的妈妈是世界上最好的妈妈。

女儿说,妈妈知道那是没有办法的事,她如果早生三十年,或者晚生三十年,如果她出生在沿海大城市,她都可能好好地过一辈子,在世界风云大变的时候,在国家噌噌噌连珠炮一样地大发展的时候,谁知道等着自己的是什么?不早不晚,她赶上的恰恰是这个点儿,这个坎儿,这个档期。她能怎么样呢?比起地主富农出身的人,比起战争中的鬼魂和受到蹂躏的那些可怜人,她已经算有福气的啦!女儿说:"妈妈觉得自身有罪,妈妈的原罪,是她想出来的嫁给你,但是你们俩门不当,户不对,又没经过自由恋爱,'你爸爸咽不下这口气,你爸爸不可能将封建包办婚姻这丸陈腐药乖乖地吞咽一辈子……就是我在法庭上当庭撞死,你爸爸也不会后悔,他不休了我,他是活不下去的。'妈妈是这样说的。"大成又晕过去了。

"妈妈说,封建包办婚姻是腐药,对你爹这种摇摇摆摆的人来说,自由恋爱是泻药,是江湖野药,也可能是虎狼之毒药。

"换一个机遇,换一个细节,也许母亲是一个叱咤风云的大人物,您说怎么样?"

大成低下头,无语。

"我觉得她应该当民政部长。"女儿说。

"这其实是毛主席的心思,毛主席深信,老百姓当中,人才多了去啦,人民中的人才,让那些个地主富农资本家和资产阶级知识分子硬是活活压死了。所以要闹翻身!"比起自家,大成更愿意讨论的是中国近现代史。

还有,阿凤发现了自己丈夫的婚外情,准备果断离异。她与哥哥商量,将母亲的公司盘出,她已经受到省广播文工团的聘任,重出江湖,再唱十五年。

傅大成回到北京后,连续几天晚上入睡后梦中听见了儿子的诅咒,儿子的控诉,他甚至在梦里看到了竖写的狂草在空中狂舞,"傅大成害死了白甜美",然后是阿龙的悲愤宣告:"爸爸杀了妈妈!"他也在梦里见到了甜美,她很富态而且含笑,她的话他听不清明,但是他听到了她的家乡原装口音,土土的方言说过去以后,似乎又倾向普通话了一些,带点干部至少是"白总"的腔调了,这时她的嘴角上渗透出鲜血,他惊叫寒战起来……但这也是不公正的。他又想,这是必然的。

泻药——江湖野药——虎狼之药?这怎么像谶语?

一连几天他昼夜苦想,他越想越激动,近百年来,中国多少伟人名人天才智者仁人志士专家大师圣贤表率善人,对自己的原配夫人,都是先娶后休的。伟人益伟至伟,圣人益圣至圣,善者自善修善,高人本高更高,而被休弃的女人除了向隅而泣以外又有什么其他话可说?又能有什么选择?在被休弃的女子当中,白甜美已经创造了惊天业绩,但是她不幸福。契诃夫戏剧里的所有感人的女角色,都有一句感天动地的话:然而,我不幸福。那么多的天字一二号大人物的原夫人们,有谁还会被人知道,被人记忆,被人垂泪,被人在意呢?而抗日胜利、新中国胜利、一次次的千钧霹雳开新宇,万里东风扫残云,沉舟侧畔千帆过,病树前头万木春,之后,仁人志士伟人圣人都在历史上光彩夺目,而他们的原配妻室只是沉船,只是病树,只是锯末与渣滓。这些最软弱最无辜的女人体现了封建包办婚姻的残余符号。伟大的历史,伟大的时代,伟大的天翻地覆,又有多少代价,多少痛苦,是无声无息无功无过无罪无名无说法无理睬的一代代女性可怜虫付出的呀!

包龙图铡断了陈世美的腰身,那是陈年旧事。现当代,又有多少走在变革前列的前卫壮士,斗志凛然正气浩然地建立了自己的新派的进步的婚姻!而受历史惩罚的不是先秦儒士,不是宋明理学的头面人物,也常常并不是鲁迅的四铭先生,不是巴金的冯乐山与高老太爷,而是一批赶上了点儿的农村女子!她们几乎没有被任何方面正眼看过,岂止是被爱情遗忘了,她们也已经与正在被文化、被历史、被生活、被头脑与精英巨人,被各种意识形态丢弃了。妇联的姊妹,中外的妇女运动人物与学者,有一个人通告过、通报过、综合过、分析过、关心过伟大神州现当代被休弃的封建包办婚姻的产物式女子吗,又有谁公布过她们的数量与惨剧吗?

大成也亲身体验过他人这样的故事,他的一个一九三三年出生,属鸡,比他大七岁的同事,一个非常老实、非常——对不起,是相当窝囊的朋友,是一个没有得罪也不敢得罪任何人的人,是一个连一句玩笑话也绝对不敢说的人,是一个连自行车也不骑,到哪里去,坐老婆的"二等"的老哥们儿,连他也有休妻的勇敢、志气与理直气壮的记录,有休妻并留下一个大儿子的壮举。被他"休"了的妻子呢,七出之条:淫、妒、不孝、多言、盗窃、恶疾、无子,哪一条罪过也没有,却因为不是自由恋爱而来,便被"休"没商量,狼狈出去了。他的妻子,比他更窝囊,比他可悲三百八十倍啊。

九年前,他的大儿子来到单位,住了十几天,向同事们叙述他妈妈对他爸的恩重如山,他爸爸上大学,是妈妈供养的结果,还有他这次来找爹,由于吃饭吧(读 bia)唧嘴,被这边的继母打了一个耳光。单位的工勤人员都无例外同情大儿子傻小子,受过五四洗礼的文艺人士,则百分之四十五同情儿子,百分之五十五同情老子。认为虽然遗憾,只能赶走农村户口的儿子。窝囊同事向单位领导汇报了他的难处,特别是儿子在单位做的关于他的"反宣传"的"背兴",最后,在单位有关同志的强制下,将他大儿子送上了回乡路线火车,警告他不得再来干扰他爹的正常工作秩序。

……大成希望艺术家与妇联这个半边天的群众团体合作,修建一座无名妇女纪念碑,不必多言,心里明白也就行了。然而,如果说这个想法是他提出来的,他配吗?他只应该紧跟秦桧,塑造一个自身的跪像,千年万载地跪在纪念碑前,接受唾骂。

为甜美奔丧以后,他回到鱼鳖村自己堂弟的家住了三天,想起了自己的童年、少年、青年时代,想起了扶犁、插秧和割麦子,也想起了驾渔船遇到大风的恐惧,似喜似悲,似明似暗。他给父母的坟地扫了墓,他给县里的一批文艺爱好者讲了课。更高兴的事是他看到了故乡农家乐与渔家乐旅游事业的飞跃发展。现在都是现场办公,家乡的人不知道从哪儿获得的现场办公的提法,他们说的是旅游者现场交钱，老百姓现场得钱，而过去，许多农业劳动是要一年才那么一两次能办得成"公"，只有在一年没有几次的售粮售林牧副渔产品时才有"公"可办。

也许更有趣的是家乡农村兼渔村的桃色绯闻。傅大成的判断是各种电视连续剧正在改变着乡村，本村与邻村的爱情故事花样翻新，层出不穷。有青年们的，有中年也有老年的，有经过媒体的征婚广告得到媳妇，或发广告后嫁出去或者倒插门走了与来了的。再有就是网恋，家乡农民渔民也设置了电脑，苹果、戴尔、东芝、清华紫光、惠普、明基、妹儿猫儿，都不稀奇。被网走的，网过来的，开始出现。网过来两年的城市美女，被公安部门认定是在逃罪犯，正式抓捕到一名。一位村民做生意赚了钱，娶来一位四川美女，忽然犯了事，被捕，美女走了，一年半后小老板无罪释放，回到家，已经人财两空，成为笑柄，而后此人不知经过什么关系，远走他乡，听说如今日益发达了。

家乡人的口音开始多元化与普通话化着，家乡人的生活与传闻逸闻多样化着现代化着。尤其是一位个子高高、身材美好、姿色寻常的三十岁女子，第一次婚姻以后她一直面带愁容，闷闷不乐，两年后她自己说穿男人无能情况，要求并获准离了婚，嫁给一个强壮的伙计，马上换了一个人，而且，她确实是越长越漂亮越精神了。更惊人的是，日益美丽的女子近年再次更新升级了婚姻，她两次改嫁的结果是嫁给了一位在这里购买了小产权房屋的据说什么城里的人五人六。乡村一景是高个子女郎购买了两件旗袍，而且她多次穿旗袍登梯爬高，上房顶晾晒农林牧副渔产品。

大成听来听去听不清楚，本村、外村、本县、外县、真情、编造、轨迹、背景、内幕、谣言，都混合在一起，急剧的发展变化使得农村渔村出现了无数小说素材。新闻性与传奇虚构性混为一体的现代故事超出了一般老村民的智商与语言经验加能力范围，他们讲的是他们无法理解的故事。但作为一个已经出过三本小说集的人，大成他听了这些糊里巴涂的传言，不能不兴奋，兴奋中不无疑惑，疑惑得益发兴奋,兴味、兴头儿、包袱儿、添油加醋,全面飘红。产生了越来越多的新可能,首先是文学构思的可能,想象力纵横的可能……急剧扩张,可能是幸运也可能是危险,可能是我们走在大路上也可能是落到了小路斜路泥坑里,斜完了也可能正过来更平坦,更阔大,更从胜利走向胜利。旧的遗存仍然难以摆脱,新潮澎湃无可阻挡,新波摇荡,旧浪沉浊,风声笑语,青春无限,忽然一声长叹,往事仍然如磐。精彩的白甜美突然退场,他傅大成也真真确确地老迈了,而勇敢天才的杜小鹃呢,更年已矣,驻颜无术,夫复何言?他们的爱情婚恋故事,是不是已经应该让位了呢?还说这样的老掉牙的故事有什么意思?请把陈旧的大成、甜美、小鹃的爱情悲欢,让位给网来的逃犯、失联的美女、越改嫁越漂亮的高个儿女郎、情杀后毁尸灭迹的CCTV12节目吧,让人们注视那些不断打造爱情与婚姻,奇迹与瞎编,美谈与罗曼蒂克的升级版更新版的新新人类们的故事吧,是不是呢?

第二十六章　田园将芜胡不归

又两年匆匆飞过,到了二〇一四年,已经年满六十九岁的小鹃的五十岁儿子立德当上了科学院院士,任命为广州一所一本大学校长,媳妇也加盟一家深圳文化公司,拍了一部电视剧一个电影。他们小家南迁,请了两位保姆,其中有一名菲佣。大成奇怪,因为他知道国内的法规是不允许中国公民个人雇用外籍劳工的。小鹃解释说,儿子儿媳妇是通过自己在香港的表叔雇用的。立德一家与菲佣没有雇主与劳工的关系,只有亲友关系,而且他们托付了有关管理部门的人员,为菲佣办好了延长签证手续。她还学着儿子与儿媳的口气,大讲雇用菲佣的妙处,你不想让菲佣听懂的话,你就用普通话或任何一种非英语讲,你想与菲佣讲清的话,用英语讲,菲佣不想与你交流的话用菲律宾话讲,与人方便,自己方便。他们说,广州是广州,岂止菲佣,这个城市已经有人通过合法途径,事实上雇用了英国管家,还有澳大利亚马夫。大成想起了闺女的话,莫非他也赶不上生活的节奏与新鲜感了?中国的前进与崭新风景,令人打滚儿尥蹶儿!

立德邀请小鹃与大成到南方他们家去住,只需捎带手协助管理一下,他们买了近二百平方米的住房。小鹃动了心,想去,大成苦笑着谢绝了。杜小鹃心不在焉地折腾了几个月,二〇一四年秋天去了广东,新年前回来了。去了一次以后她在北京再也待不踏实,对大成做了些解释与安抚,给北京的家准备了些食品用品,与家政公司达成了每周来三次共九个小时,完成家庭清洁劳务的协议,她急急地于二〇一五年三月走掉了。应该是融入了立德四口之家成为五口三代的大家庭了吧？大成想。他想起此次飞穗找儿子前，小鹃对他说："分别了我更会想着你，我不在家，也就不会盯着你上卫生间的程序。这不是更好一些吗？"这种口气使大成不高兴，他想说几句刻薄的话，比如："不回来，岂不更好？"他没有说。小鹃甚至没给大成留她儿子在广东的邮政地址。手机时代要那玩意儿做什么？小鹃告诉大成，现代的快递，要手机号，却根本不要什么邮政编码，其实邮编我们也是比较晚近才向外国学的。大成无语。

　　二〇一五年四月，小鹃第二次去广州儿子家三十多天以后，媒体报道了君特·格拉斯离世的消息，大成通过微信给小鹃发去了不少附件、链接、报道与评论，他也发表了一些看法，他谈到对于君氏《铁皮鼓》与《剥洋葱》的看法，谈到君氏一九九九年的获得诺贝尔文学奖，尤其是谈到君氏二〇〇八年自我爆料，说他少年时代参加过希特勒的"党卫军"，从而引起的舆论风波。然而，希特勒完蛋的那一年格拉斯才十八岁啊！让我们说什么好呢？为什么我会天然地同情君特，而不是同情义正词严的事后诸葛亮们呢？他问小鹃。当然他也回忆了难忘的西柏林之行中对于君特·格拉斯的"家访"印象……格拉斯、二战、西柏林、滚石乐与他她之恋……为什么这么多话却没有得到杜小鹃的任何回应啊？雄辩的，喜欢指点江山、点燃鞭炮的杜作家杜教授，她甚至没有说一个"呵"，没有发一个带有怀旧与追悼意味的例如哭泣或者合掌的表情符号……在西柏林与他一道去过君特家的杜小鹃啊，你到哪儿去啦？

　　先是说好六个月后中秋节小鹃回京，到时候她来了微信，说是院士家里实在离不开她，她保证，二〇一六年春节前夕一定回来，大成再次无语。倒是进入农历十月了，大成几次在梦里见到小鹃，听到了风声里夹杂着的小鹃的笑声，梦中还吃到了小鹃制作的东来顺风格秘技奶油炸糕。别人最美是做梦吃肉包，大成最美是做梦吃炸糕。多少味，昨夜梦魂中，还似旧游德意志，声如响雷笑如风，墙倒轰隆隆。梦餐后觉得肠胃有些存食,黏糕尤其是油炸黏糕,是真的不好消化。

到了本农历年的腊月了,过了腊八了,大成独自也没有喝什么万粮皆备于我的腊八粥,只一心盼望小鹃回来。他胡思乱想:如果他不与白甜美离婚,不与小鹃结婚,也许甜美故去后他仍然会与小鹃或"小鹃"成婚,当然他也可能老年丧妻,光杆司令。这时一阵寒气袭来,那么说,他必须回答:如果你不是坚持与甜美离婚,甜美至于七十多就故去吗?他不敢回答,他只想将自己痛殴。问题是,现在活活打死他也没有用了。

腊月二十三,小年,灶王爷已经上天汇报工作,大成向小鹃报告了自己为迎接她的打道回府做的诸事。精心安排了小时工,仔细吸尘扫除,揩洗门窗,清洁餐具,补充调味品,准备鹃鹃喜欢吃的红果与豌豆、葵花子。大成岁末准备亲自动手下厨,做排骨炖藕,茄合儿肉馅,家常豆腐,炸饹馇合儿,还有他新研习的乌鱼蛋汤。小鹃也早早通过微信发来了飞机订票的底账单据图片。到了腊月二十六日即二〇一六年二月四日傍晚五时,大成收到了小鹃的微信:"出发走机场了,立德开车送我。"大成感觉到了小鹃作为妻子的思恋与作为失而复得的母亲的满意。六小时后,过了航班降落时间两个多小时了,小鹃没有回来,他打小鹃的电话,他顺利地听到了接通电话的彩铃声,是《往日情怀》的旋律,清晰感人,这证明她坐的广州白云机场至北京首都机场的飞机已经平安降落,小鹃也已经打开了手机;但是她没有接听。第二次打,第三次打,仍然是手机自带的提示:"您拨叫的电话暂时无人接听,请稍后再拨。"他发微信,也不见回应。到了次日凌晨零点四十六分了,应该是降落三个多小时了,仍然失联。一夜兴奋,等待成欢的大成查机场,查公司,查航班,查手机上的"飞常准"APP,都说明飞机已经平安准时降落,没有出意外的可能。大成安慰自己,也许她在机场遇到了一个老同学,也许她被一个粉丝堵截,也许她与一个老友下机后去机场宾馆用餐。也许也许,反正她很快就会回来。

他打了个盹，三分钟醒来了，他听到了公寓电梯的运行声音，不会是他人，一定是小鹃，他穿好衣裳，喜气洋洋，等待着会面时的拥抱与热吻，毕竟实现着社会主义现代化的国人不同了，古稀之年的健康男女，仍然一晌贪欢。果然，他听到了小鹃的声音，然后是小鹃的行李箱轮子碾轧地面的声音，然后是小鹃的笑声，然后……没了下文，难道几个月时间过去，小鹃走错了路，找不着家啦？

他干脆披上衣服，打开卧室客室电挂灯、壁灯与落地式台灯，打开手机，四下里检查，小鹃并没有发来微信短信音频视频讲她的回京安排有什么变化，那么可能是航班严重延误或者飞机出了事故，他在手机上查飞行情况，他给机场问事处打电话，他忽然想起刚才已经查了个一溜够了，网络已经N次向他显示小鹃这班飞机早已在首都机场三号航站楼平安降落五个多小时了，不需要再麻烦自己与网络了。他想到了近年很流行同时是他极其讨厌的一个词：崩溃。他们家就这样崩溃了吗？他想着甜美的去世，这么早就与他天人相隔了，他想着现在的妻子小鹃一别十个月，说好了，说是到机场了，仍然不见回，不回来也不说一声，他为了小鹃毁坏了自己的四口之家，然后小鹃出来了一个天晓得的儿子，然后她变了一个人。他不禁伤心，他怀疑小鹃的身心魂灵，他更怀疑自己，也怀疑文学特别是五四新文学，怀疑罗密欧、朱丽叶、少年维特、安娜·卡列尼娜，《假如生活欺骗了你》，假如文学欺骗了你，假如爱情欺骗了你，假如小鹃欺骗了你，假如你欺骗了甜美、阿龙还有阿凤，你不但伤心尤其乱心闹心慌心刺心扎心撕心，是你坏了心还是心坏了你？你你你听到了各种声音，有汽车声，有电梯的运行声，有暖气片传导热力的声音，也有电视机里不同节目的不同声浪。最后出现了狂风里的冷笑狂笑乃至是狞笑声。大成晕过去了。

他庆幸的是一个小时后他醒过来了。他仍然命不该亡，他的心恢复了如同什么也没有发生过的正常的跳动。这时，他的手机响了，是一个陌生的号码，显示广州，他听到了小鹃的声音，小鹃说："成成成成对不起,我刚刚有了电话可以借用,我跟立德去机场半道儿上,接到媳妇的电话,二宝我二孙子,上钢琴课回家路上出车祸了,吓死我了。我们赶回医院,二宝从撞了车就喊'奶奶,奶奶……'"电话里响起了小鹃的哭声,"没有,倒没有生命危险,孩子的一条肋骨骨折,腿还行,急着去医院,还有交通队交通警……活要命,想给你打电话,手机落在他的车里了,借他们的电话,都那样了,我怎么能急着先联络北京的你,再怎么着,咱们平安无事啊,我这才回到家,我现在用的是儿媳妇的手机,机票还没有办手续呢,要缴纳票价百分之五十的退票费,下礼拜吧,大成,下礼拜我一准回去……"

还说什么呢?小鹃声音抖颤,夹杂饮泣喘息,天理人情,电话再交谈下去也只能是讨论与研判二宝的外伤,还有交通事故的责任与处理。一名七十六岁的老男人,身处两千多公里以外,你有什么非掺和不可的吗?你是不是应该表示,马上飞往羊城,参加对妻子的孙子的救护?至少你可以先用手机银行汇去一两个数人民币吧?你……

……毕竟是农家子弟,傅大成并无奢望。人生诸事,大至治国平天下,沉重至自己的生命:出生、成长、艰难、挣扎、进击、得手、成功、胜利、失算、受挫、结婚、离异、亲爱、高潮、冷落、痴呆、衰老、死亡,小至打牌下棋吃萝卜皮与炸糕,有好就有赖,有赢自然有输,有热也就有冷。包括文学艺术,包括炒股经商,包括家用电器电脑手机,有头就有尾,有得就有失,有冷有热,有始有终,有赶得上有赶不上,有想赶有不想赶,越赶得上就越赶,越赶不上越干脆想不赶也就算了,谁能万事一热到底呢?一切的一切,都正常得没法再正常了。

回想立德对大成很客气也很友好,送老名牌派克钢笔给大成。但一次立德说什么"雄关漫道",大成给立德指出当年毛泽东词"雄关漫道真如铁"句,其意思不是说雄伟的关隘与"漫长的道路",而是说"不要说、莫说"雄关如铁(不易过关),这里"漫道"的含义正是"莫言","漫"是不要,"道"是说话,不是道路。"雄关漫道真如铁"的原意是"请莫言雄关(威严险恶难过)如(遇到了)钢铁门户(结结实实、严丝合缝)"。立德冷笑说:"现在一百个人里九十九点九个人都认为雄关漫道是一个组词,说漫道是漫长的道路,很正常也完全可以讲得通嘛。"大成略略上火,便引经据典,从古诗文中拈出一大堆"漫道""漫说""漫言"说明"漫"字这里应作"莫"讲。立德反而笑了起来,说:"您讲老古董,那可不是我的长项!"大成听了,自觉噎在了那里。他从此再不敢与神童院士随便说话了。

其后大成开始发现立德的缺点:小鹃儿子的块头似乎有那么点侵略性,而且从头一次他就闻到一种气味,是人体脂肪之味,是头发没有及时用香波与润丝洗好之味,是贪吃饕餮之味,是年轻轻却可能患糖尿病之味。他已经有此经验,贪吃好吃的饕餮友人,凡是发出此种气味被他的鼻子觉察到的,百分之百三个月内即查出了血糖的超高。从立德的嫌轻浮谈话中,他还嗅出了立德天真幼稚的历史虚无主义。小鹃有讨好儿子的苗头,也许是出自她的忏悔意识。儿子也显然挚爱他这个四十岁以后才深挖出来的老娘亲。当然,立德是极优秀的,他懂。立德与母亲互望的眼光与表情,引起了大成的羡慕与一点嫉妒。立德养母已经死了多年。他管养父叫爸爸,管小鹃叫妈妈,这是最佳构思,天衣无缝。大成还认为,对于立德来说,神童身份是他的立身之本,看看儿子院士再看看母亲,噢耶,非同寻常的,明星作家、神童儿子,双辉互映,炫目夺彩,双方都站得稳定结实。他的出现,让生育他时晦气得无以复加的母亲一下子翻了身,使聪慧绝顶的他,也一下子找到了天才基因的渊薮。立德相信自己神童有因,成功有故,智慧大河,波涛滚滚,汹涌闪耀,从特异的妈妈身上,流淌到了他的大脑;而小鹃从而相信自己后继有人,心神不灭,十九岁时候险恶异常,后果呢,是今天的神人共庆。她此生的一切从而圆满神异,再无缺憾微疵。

同时敏感的大成也反省自己,国人的传统小说里都讥刺女性的嫉妒,怎么他这个老男人也嫉妒起来,而且嫉妒的是妻子十九岁时候的非婚生子!他不恶心吗?已经如此恶心了,该怎么办呢?

直到二〇一六年,那次小鹃过了五一节才回到北京,她与大成一分别就是一年零一个多月。厉害了,我的妻,杜教授真有两下子啊!大成这样一动念头也就不能不嘬牙花子了。

小鹃回到大成身边,发现大成养了一只金丝雀。大成对金丝雀的关注已经超过了对她。她的发型、服装,甚至口音与词汇,都受了港粤的影响,大成对此竟然毫无反应。大成说:"去广州的时候,你是七十岁,我是七十五岁,等你回来,我是七十六岁,你也七十一岁了……倒不是少小离家老大回,而是老大离家未见回,乡音略改鬓未衰。记得我们说过我们之间不是一日不见,如三秋兮,而是多年不见仍如一直在一起兮,但是我现在是真的老了,我只觉得与你在一起,有点像是上辈子的事儿了呢。"

大成把自己对立德的感觉与小鹃说了,小鹃流了泪。果然小鹃一去经年,心在儿子那边。怎么回事呢?也许作家的爱情确实在于思念想象,而不在于实现。有不少作家写出了催人泪下的爱情故事,但是多半越写得好的人越没戏,而越是美满幸福性福的人越写不好。那些写出动人爱情篇章来的他或她的婚姻家庭,常常只能叫人摇头叹息。虎头蛇尾的文人,他们的烂尾情、烂尾婚、烂尾恋,比各地虎头蛇尾的烂尾房不在少数。他想起三十多年前自己从上海回来给子女上文学课讲作家的感情生活,想起小鹃的诗句,我必报应,只不过是想念你,他们报应了。

干脆提出与小鹃离异?没有什么,也还留下了亲情。他想起了西湖月老祠,集句对联,上联是:愿天下有情人都成了眷属(《琵琶记》句),下联是:是前生注定事莫错过姻缘(《西厢记》句)。恰好在网上看了一段讲到与李敖有过婚恋而后反目成仇的美女胡因梦的一些事,她有众多的金句,而她参加演出的一部影片中有道是:"都认为两个相爱的人结了婚了,也就剧终大吉了,但是结婚以后呢?又会怎么样儿呢?"大意如此。

结婚以后的爱情是不要写的,不好写,最好不写。能在成为眷属以前生死相恋,苦恋绝恋狂恋巧恋如诗如歌地恋,能哭诉一百次愿天下有情人皆成眷属,也就成啦,您。像美丽的胡因梦那样追问:"那他们结婚以后呢?"那,那就叫哪壶不开提哪壶喽!

……或者让我们想象有那么两位,或其中某一位,由于他们的婚外恋情感天动地,写出了名著——不朽诗篇、落泪小说,成了名人,不但闹了文坛,而且闹了情场之后,终于破壁成功,得其所哉,构筑了新美香巢,然后呢,然后就热闹了,悲剧结束以后是什么呢?是喜剧啊,是闹剧啊,是滑稽剧啊……注意,我们没有说是丑剧,但称得上洋相百出的事,也是众所周知的喽。

其实也合理,我们常常觉得悲剧比喜剧更庄严,但是喜剧比悲剧更智慧。所以孔子说,仁者寿,智者乐。孔夫子可真不是善茬儿啊!至少近几年,在与小鹃建立起家庭近二十年后,在他们都进入老年以后,他终于明白了如今小鹃更需要的是与她青少年时代失去的儿子立德一道的家,做母亲是女子的人权,正像堕入爱河是她们的人权一样。她毕竟是从小就梦想着孵蛋啊,她正是当代优秀小说《孵蛋记》的原作者啊!七千多个日夜过去了,古今中外的哲学文学美学话题说了几圈以后,他想起了两个令人透心凉彻的字——"无"与"趣"。渐渐无趣了,天不该地不该,趣味最不该走向虚无啊。说什么人家立德历史虚无主义,他现在得的是什么病患、癌变、降温、厚皮之症呢?是现实的虚无,是渺小历史的虚无,是男女饮食的虚无,是床笫之欢的虚无,是人生趣味的下行……

大成来回去想了一年,他做好各种文书准备,他沟通了与广东民政部门的关系,他说,他不愿意妨碍杜小鹃与儿孙共享她的天伦之乐。得知大成的态度之后,小鹃这才热情邀请他去了一回立德在穗的家,终于将广东的详细地址告诉了大成。二人一起逛了逛大小景点,吃喝了各种干白干红与半干白红,生猛海鲜,早茶午茶下午茶,去了歌舞厅,又乘舟游了珠江,回忆了巴黎的塞纳河泛舟,双方友好苦笑离婚。

第二十七章　玉堂春暖餐厅

广州白天鹅酒店玉堂春暖餐厅,大成与小鹍一起吃了顿告别宴。小鹍坚持要到这里吃个饭,还介绍说这是全国改革开放以后最早建成的一家合资酒店,是由香港霍英东先生与广州市人民政府合资兴建的,进入新世纪后此酒店已经定为文物。它一九八五年就正式营业了,小鹍有幸与粤剧大师红线女一起在这里吃过饭,后来她与儿子一家也来过。她还说,红线女请她吃饭,餐厅结账的时候只收了三折费用。

"那当然。一个餐厅想请红线女大师去吃饭,他们会愿意反过来向大师致酬谢的。"大成说,他极佩服红线女一代宗师。她已经是香港的成名电影明星,坚决在一九五五年回到内地,她是一个有理想,有追求,有投奔的人。她是周恩来总理家的座上客。一九八〇年她离香港后首次再访香港,夹道欢迎的盛况超过了此前英国女王来港。

傅大成自己说,已经浪漫过了,热恋过了,社会的、历史的、观念的,灵魂与肉体的多多方面都解放开放与时俱进过了,到哪儿说哪儿,缘来天作合,缘去挥手去,婚姻或知止,情义永依依。知止而后有定,定而后能静,静而后能安,随他(它、祂、她)一个便。他是农家子弟,接地气的人,不必太多"酸的馒头",温情伤感。

"也可能是一种新潮的表演,我表演的是与你分手的淡定与从容。因为,只有这样,我才能保护住自己的一点心,捎带上一点面子。"大成说。

"如果三年以后,我再回到你的身边呢?"小鹃调皮地问。

大成笑了,有一点酸楚,反而没有刚才的话语那么豁达。

"不让我回去了吗?"是小鹃眼里沁出了泪水。

"你的家。"

"我其实是想写一套书,题目是《两个小淘气》,儿童文学,是我最向往的,少女时期,我喜爱安徒生超过了歌德、巴尔扎克、托尔斯泰与莎士比亚,你不会忘记吧?"

大成摇了摇头。他说:"后来你不怎么说安徒生了,你宁可说CIA 的间谍,古巴卡斯特罗的女友……"

"我有什么办法呢?世界上有安徒生,他是个老单身汉,所以他写的爱情最神圣。他有一个悲哀的童话,《老单身汉的睡帽》。可爱情的模式不限于安徒生式童话。有中央情报局和克格勃设计的,为好莱坞提供了大票房的惊心动魄的情爱。世上也有卡门,被唐·可塞杀了。还有国产辣妹潘金莲,她无论如何是个英雄,即使是杀人犯该砍头,也同时是了不起!直到现当代,欧阳予倩跟魏明伦都对她戚戚艾艾,悲悲切切,放不下心啊。我们的餐厅叫做'玉堂春'呀,玉堂春是历史人物呀,一个妓女被诬陷杀了人,她的嫖客是主审官,审判她的杀人案情,另外两位陪审官员,取笑找乐,台下观众笑语喧哗,核心情节是不是像《复活》里头的男主人公聂赫留朵夫,作为陪审团成员,聂某人审当年的喀秋莎,后来的妓女玛丝洛娃?与我们却是大异其趣啊。"

"我去过山西省洪洞县。那里有苏三坐过的监狱,给游客参观。那里还有一棵大槐树,各地的老百姓,不少人说他们的祖先,曾经生活在山西洪洞县的大槐树下面。大槐树,苏三,都有不会磨灭的凝聚力。在许多的许多都已经消逝了以后,剩下的是景点。北京的一招,上海的和平饭店,柏林的墙,以及现在的广州白天鹅,最后都是景点。爱情,婚姻,惊心动魄与豁出去的一拼,不也都是景点的元素吗?活了,哭了,爱了,醉了,碎了,没了……我们越来越安详啦。"

"大成,你告诉我,你是因为我与儿子立德走得太近乎了,生我的气吗?"

"瞎说。"

"我可以告诉你,我现在跟他们非常热乎,但是少则两年,多则五年,一定会离开他们的。我的脾气,你不知道吗?"

什么脾气呢?六十如少女,调皮过古稀,耄耋好兴致,恋恋日期颐。大成笑了。

小鹃讲了许多英语,大成不想仔细倾听,小鹃于是用汉语翻译她要说的是:"我不是单身女子,我不是自我陪伴者,我有我的伴侣,我的伴侣就是你。最多五年,我会回到你那里。"

大成嗫嚅了几句,小鹃没有听明白。她怀疑,他是在说:"五年?如果第四年零十个月上,我死了呢?"他也可能是说:"那么,这几年,我应该怎么过呢?"

不,他不会如此幼稚的浅俗。

小鹃说:"对不起,不该说这些,民政局的登记处只是发了个离婚证——一张纸罢了。屁!大成,我还是爱你的。"

大成笑了,热笑百分之六十九,冷笑百分之三十一。

大成想换一个话题:"鹃,你看过几次曹禺的话剧《雷雨》?"

"不知道多少次了。'文革'以后首次上演的《雷雨》,四凤仍然是五十多岁的胡宗温演的,而五十年代,我九岁的时候,三十来岁的胡宗温就演过四凤……"

"告诉我,《雷雨》当中,最感动你的台词是什么?"

"这个,这个,这个……"

"我告诉你,那时候我还是个青年,与那些个骇人听闻的霹雳式的台词相比,更打动我的是鲁妈,就是侍萍,鲁侍萍,与周朴园老爷遭遇相逢,说到三十多年前她在无锡,那时候,我们还没有用洋火呢……后来鲁妈说:我们都老了。洋火呢,就是火柴,我小时候,乡下都管火柴叫洋火儿,还有就是,我们都是上了年纪的人……你说,为什么一个'老'字,把二十岁的青年感动得涕泪横流?"

"去去去,我们不老,你也不老,联合国都正名了,你只能算年轻的老者,就是说你不老。"

大成叹了一口气,他说:"什么都会老的,包括……"他的话没有说出来。

"告诉我,我不在的时候,你用那个烤箱了没有?"看来,小鹃不愿意讨论老不老的话题。

"对不起,我实在不明白,廉老爷子送你一个大电烤箱,这已经够怪怪的了,你说你不会用,又不准我用,电烤箱是一切家用电器当中使用起来最简单的,白痴也会用。我保证它比电熨斗、电吹风、电剃须剪都好使。你闹啥呢?你在烤箱里放上一册德语的使用说明书,还有廉老爷子的一纸便笺……你什么时候准备烤制这些纸头呢?"

"这几年我不在家,你没用过吗?"

"没有。"

"那是你怪怪的了。"

"倒打一耙。你的辩才战无不胜。"

"用吧,用吧。我可以告诉你实话,我有些任性的胡想。唉,说它做甚!二十年过去了,总算有了你,我可以有表演任性的对象了。刚才你说什么来着?表演,太好了,我要好好地表演女人,文学,女人加文学的任性,机不可失,时不再来,往者已矣,来者无多。祝你幸福:干一杯,请干一杯吧,今宵离别后,何日君再来?"

最后十个字,她是唱出来的,一半学周璇,一半学邓丽君。

"没有那么悲伤。我想来羊城,每个月都会来的。中国,世界,亚非拉欧美大洋洲,到处都有我们的足迹……"

"你又这么乐观了吗?"

"白天鹅的玉堂春这里的国窖1573,还是很不错的,可以断定,玉堂春苏三和她的男朋友王景隆王公子,没有喝过这样好的酒。喝过半两也是喝了,喝过一次也是喝了。"

"这是你的观点吗?不必天长地久,只要曾经拥有?你曾经激烈地抨击这两句词儿。你不再追求山无陵,江水为竭,冬雷震震,夏雨雪,天地合,乃敢与君绝了吗?"

"不,我其实是爱妻主义者。原来没有办法,因为我又是更坚决的反封建主义者。和你在一起,不一样了……"

"'爱妻主义',你的话使我想给你跪下来。你说说,请说说你的'爱妻主义'。"

"妻是什么,是母亲,也是女儿,是老板,也是打工妹,是天使,也是妖精、狐狸精,是白骨精也行,妻是你的诸葛亮军师,也是你的办事员、跟班儿、丫鬟。是天使,是女神,是女仙,是护士,是救命的菩萨,是保镖,也是肉肉。张贤亮写过的,宁夏的农村,情郎管他的女子叫肉肉,女子管她的情郎叫狗狗。张贤亮老哥安息!人民的语言是多么贴切鲜活。人民万岁,妻子万岁!妻是鱼的水,是花的土,是云的天空,是雨的云朵,是笑容也是眼泪,是笑的风,是闹的风,是忍耐的小草,是沉默的羔羊,也是——对不起,是人体炸弹!是路,是地面,是雷达,是方向盘,是感受报警器,是地震还是各式各样,也就是什么都能,什么都是!"

大成哭了,他继续说:"古代的女子,对自己心仪的男子说,说什么,你知道吗?"

"愿荐枕席。"小鹃毫不犹豫地回答,"《高唐赋》。"她补充说,并且加上一句:"我也愿意给你铺床叠被的呀。"

大成眼圈红了一下。"一夜夫妻百日恩,中国文化对于爱情的描述有多么天真和痴诚!所以韩少功的《爸爸爸》里主人公永远长不大。感谢小鹃,这就是妻,什么样的使命与服务精神啊!既有天长地久,也有曾经拥有,有露水夫妻一夜情,有陪你一生伴你一生帮你一生,出生入死,同甘共苦相濡以沫,相不忘于江湖,也有的相忘于江湖……我不能点评他人,我只能要求我自己,尽量不做混蛋事,更不做没良心的事、缺德的事、对不起妻的事。但我已经对不起过了。岂能尽如人意,但求无愧我心,无愧谈何容易?如今涕泪沾襟……"

"明白,我明白的,大成。再问你一句,你想过没有,你一直拒绝我,然而是老天爷安排我们一起相聚北京,相聚上海,相聚柏林,相聚洲际大酒店,而且是在一大堆摇滚乐中为我们奏响了舒曼的《童年》——《梦幻曲》,你想过没有,这里有历史,有国际主义,有世界,也有艺术,有生辰八字也有占星术,还有 tarot 也就是塔罗牌,西方人占卜用的。这里有一种不能阻挡的力量和吸引,是牛顿没有来得及研究的万有引力,你能说不是吗?"

"是,是的。我不会忘记在你身上睡的那几个小时,我没有白白地走到了这个世界,我的生命再也不会有空白感了……我们俩在一起,什么都有了,这以后就是淡定、淡化、淡出,定而后淡、淡而后散,散而后吃顿饭……馋了,再吃个饭。中华文化,死因砍头以前,狱里也先招待一顿酒饭,所以金圣叹处死前高呼'痛快'!我们的生活,我们的一切,发展变化得够迅速的了!"

分别的时候他们拥抱,他们相互感激,大成祝祷小鹃的"淘气系列"成功,小鹃祝愿大成的农村生活新篇打响。他们享受着哪怕是刻意的分手礼、分手爱、分手祝福、分手文明与分手时的清泪——如杭州娃哈哈的品牌纯净蒸馏水。

分手后大成仍然觉得该说的话好像并没有说出来。他应该告诉小鹃,他并不是抱怨小鹃陪多了儿子孙子。他想多谈谈沧桑与逝水,现在,距离第一次看《雷雨》已经五十多年过去了,轮到他想对小鹃说:我们都是上了年纪的人了。可好模好样的,平白无故的,谁也没有招惹的,怎么出来个"老"字了呢?远远还没有年轻够啊,我没有思想准备啊,这个代表老的魔鬼,究竟是从哪里钻出来扑过来的呢?

逝者如斯夫,不舍昼夜。还有珍惜与依恋,孔子说的是,逝者,这儿不无珍惜,如斯夫,已经是非你所能把握的了,不舍昼夜,没有变通,没有折扣,没有通融,没有商量。

有老子呢,他说的是:天地不仁,以万物为刍狗。老子带有冷酷的庄严与伟大。沉溺在爱里的大成渐渐体悟了冷峻的真实与伟大。万物,包括爱情,在有生之时,你不可以太软 pia pia,你不必为任何万物中之一物或零点之零零零一物的失落而悲悲切切。一切需要面对的你都必须面对,一切需要冷眼的你都冷眼。但是老子又说,天道无常,常与善人。面对人类的善良与珍惜留恋,太上老君也还是有所让步的了。

回想满六十岁、七十岁的时候,当想到你自己已经被认定正在或者已经步入老年,当听到旁人叫自己傅老的时候,他觉得不可思议,他觉得荒谬,他觉得是受到生活的调笑,即使不算是生活欺骗了自己也罢,与假如生活欺骗了你的普希金强烈与夸张的命题相比较,他傅大成宁愿命题作:假如生活调笑了你。直到靠近八十岁了,直到学会了怎么正确地读与写,并且渐渐习惯了讲"耄耋"二字了,他才收缩了自己对变老的猖狂抗拒与反感心理,他开始自以为深刻地想,敢情傅大成确实不是割麦子时候、上高中时候、娶媳妇时候、学俄语时候、西柏林时候与打离婚时候的那个傻瓣了,他正在飞速地靠拢伟大、高级、光明与通达的老耄老耋老爷子啦,您哪!

面对"老"字,从拒绝与陌生到体贴与包容欣赏的过程又是多么平实,多么安宁,多么宽厚,多么谦卑静谧啊。你愿意牢骚就牢骚你的吧,可你怎么向老字恶毒地泼脏水呢?夕阳无限好,只是近黄昏。他应该学会老,学会接受学会老而微笑着。他读过王蒙一篇微型小说,说是一堆老同学聚会,这个说碰到了糊涂领导,那个说遇到了混蛋丈夫,第三个说是得了意外的怪病,各种不幸造成了自己老得不成样子了。但是有一个人说,他碰到的压根儿是好领导、好配偶、好朋友,一辈子没有得过不舒服的疾病,在没有任何不幸作祟的前提下,同样也老老得老老了啊。活到老,白头到老,不知老之将至,少要稳重老要狂,必也狂狷乎?这是多么完整的必须荣获老来的体验的幸福！有几个人的幸福能够这样完整？哪怕像英国首相撒切尔夫人那样，一个人孤独地离开这个世界。

结婚，离婚，年少，年老，生死大限，在公平匀适无心无意的光阴面前，在不舍昼夜的逝川面前，在或者根本不仁不黏乎，或者多少照顾一下善良小人物的天与地面前，你的那点哭叫与小打小闹，激动与恩怨，愿意与不愿意，又算得了什么呢？

再与小鹃一起吃三十次饭，他也仍然谈不明白的呀。

二〇一七年大成从微信中收到了小鹃的一首新诗作：

也许我真是那样地爱你，
也许不敢说永远那样爱你，
也许我没有想过要离开你，
也许离开了我仍然想着你，
也许我仍然为你悲伤哭泣。
我们相遇，我们相知，
我们相抱，我们相喜，
风吹来的，风又吹去，
笑声叮叮，话声寂寂，
潮涌潮落，火红火熄，
滔滔哗哗，点点滴滴，
山盟海誓，轻轻飘移。
离开了么？我们俩？
好像还在一起。
想着你，就是一起，
说着你，就是一起，
梦见你，就是一起，
不梦你，忘了你，
更是在一起，

> 要不,还哪里有
> 什么忘记?
> 记住,或者忘记,
> 忘记,永远为在一起
> 作证,记忆当然
> 为我们俩哭泣。
> 还是,就是,永远是
> 在一起。

大成微信上回了一首七律:

> 逝者如斯可有泪?词人相伴岂无痕?
> 不仁天地来还去,悠远春秋疏亦亲。
> 情深更有深情恨,意美应知美意恩。
> 星月微茫难入梦,杜鹃远走揖清芬。

……女儿阿凤做主,不容分辩地请家乡鱼鳖村的同族姐妹帮助找了一个人好、心好、样子好的村里寡妇,接到北京与父亲过将起来,不用登记也不用报户口。有人陪伴,有人做饭,有人说话,有人打水烫脚,有人给他搔脊背,七十六七之痒,他还要什么呢?

新伴侣也姓白,细细说,是甜美的一个什么堂妹,关键是,细细看,你也许能发现她具有当年甜美的脸型的一点味道。

与此同时,女儿唱红了《也许还在一起》。女儿兹后对大成父亲说,红了它,也就是解构了它,然后,她咯咯地大笑。

大成觉得有启发。嗯,一个是中华辩证法,一个是黑格尔辩证法,活到老,学到老,成长到老,有点意思。

还有什么?二〇一七年法国马克龙在大选中获胜,妻子是总统小时候的老师,比马氏大二十多岁。大成与女儿进行了视频通话,想起孩子的妈妈,大成唏嘘不已。他们还谈了孔子的逝者如斯夫,不舍昼夜;说了英国的谚语,每一条狗都有自己的时间段;还有人不能两次踏进同一条河水,古希腊哲学家赫拉克利特说的。父女俩无限欣赏马克龙夫人布丽吉特对记者的回答:考虑到自己年龄——布丽吉特告诉马克龙,必须本届就当选,还有人须该做就做。大成说,爱情和幸福与社会主义、共产主义一样,需要一代代地追求与发展下去,发展是硬道理,我们都在路上,我们不用句号,而且道路有时候是曲折的。阿凤听了兴奋起来,说她爸爸当真有两下子。阿凤说:"我想妈妈。"大成无声地哭了。

新年,大成总算收到了儿子阿龙从国外发来的贺卡:Happy New Year——新年快乐,字都是卡上原来印上的,他用中文潦草地签了一个龙字。那个潦草劲叫人想起中国医师写的病历与药品处方。

第二十八章　金丝雀与外语桥

二〇一八年二月十五日,农历大年三十晚上,小鹃用手机要求与大成视频通话,他们互相问安,讲了很多鸡毛蒜皮。小鹃再次用英语给大成背诵爱情小诗:当生命中的冬日来到,我们无法要求春天回归;当白雪盖住我们额头的皱纹,爱情也许能回来,但那个人已经不在。大成说:"我还活着呢。""哈哈哈……"她似有声似无声地说,"大成,我爱你。"大成也引用一首英语诗的一句话:"Keep wanting you till I die."(有生之年,仍然要你。)沉默好久,大成没有关闭手机的微信通话,然后小鹃说:"Marriage is not that important anymore."(婚姻已经不是那么重要了。)又重复了一句"Love you"。"Я тебя люблю",大成用俄语说出了同样的意思。大成发现,由于手机视频的放大效果,小鹃的脸孔呈现在手机屏幕上,皱纹未免太密太深刻了。人生、智慧、文学、爱情、奋斗,最后都化成了脸上与额头的纹络,这是生命的最重要的景点。而且视频通话中小鹃的面孔忽隐忽现,忽大忽小,忽明忽暗,在跟他逗着玩,他想起一个相声来了,一个小偷,说自己的姓名是窦眅丸儿。当初天津的幽默大师,马三立说的。都作古了。他对小鹃说着马三立,不免想起福斯特的黑人歌曲:亲爱朋友,都已离开家园,离开尘世,到那天上的乐园,我听见他们,轻声把我呼唤……

他哼哼了一句,小鹃居然分辨出来了,她接着用原文接唱:"I'm coming, I'm coming, for my head is bending low, I hear those gentle voices calling, 'Old Black Joe.' "然后又是大成的汉语歌词。

原来生活是"窦昵丸"。

他们又讲了一些外国语。他们分别用英语与俄语背诵莎士比亚、拜伦与普希金、莱蒙托夫……怎么一晚上这么多外语啊？结婚以前，他们的通话有很多书面汉语。结婚以后，他们的语言主要是中文口语。晚年离婚以后，他们建立了自己的"外语角""外语平台""外语桥"。可惜，世界上还没有建立婚姻家庭语言学，还有年龄语言学。大成不知道小鹃是怎么想的，他反正发现，他们当前正宜于尽情使用外语知识本领与灵动技巧。外语的运用大大增加了发音、口、唇、齿、舌、呼吸与声带带来的关注紧张兴会，增加了对于词汇的调遣与选择之认真用心，增加了对于某种语言的语法的严密在意，一丝不苟，预防语病，增加了知识、学问、经验、技艺的把握、修饰、炫耀，从而淡化了随着本土语言而来的刻骨刺心的太多太强太自然又太浓郁的心意心愿心颤心痛。正是外语的不可能百分之百自然自发自由，冲淡了情感与思维的浓度与强度，他们俩今晚的通话就算是上外语研习课好了，算是练习实习会话好了，就算是装腔作势的表演好了，就算显摆外语贮蓄与口语本事好了。呜呼，毕竟都是正牌一本外国语大学毕业的高才生哟，即使已经忘记了许多他们之间的恩爱与思念，冒险与决绝，拼搏与羞耻，燃烧与迷醉，他们之间依然还有那么多唇音与齿音，动词与副词，诘问句与比喻句，主句与从句，简单句与复合句，至少他这边是有意识地在强化语言的符号性形式感，淡化能指所指情绪倾向，强化卖弄技巧堆砌词汇，掩盖的是开始出现的淡漠与勉强。通完话，有留恋，有叹息，也有实在没有太大意思的空洞感与疲惫感，还有超脱与淡然，茶禅一味，离合如一，爱与不爱都是一心，好与不好都是一体，分手就是结合，结合通向别离，归去才能完成，完成永续开局，无局也是局。

像是什么呢？又像是两位围棋国手九段，偏偏选择下了一盘五子棋，游戏性超过了竞技性。

他还发现,外语不但可以外用,也可以"内服"。当他沿着中文体系回溯自己的一切经历阅历心历的时候,他不无失败与沮丧,不无惶惑与悲伤,而当他用俄语思维,用俄语抒情,用俄语自问是不是"生活欺骗了你"的时候,他竟然有几分自慰,几分嘚瑟,几分诗情,几分卷舌音、浊辅音、非重音元音或辅音,弱化或强化,软化或硬化带来的生理快感。人生需要真诚,人生需要如醉如痴,人生、爱情、亲情与自思自叹也需要技巧与手段的选择,技巧也是人心,技巧也是灵魂,技巧还难得糊涂与超然升华。伟大历史风云中的小小贫农儿子,一个畸零旮旯边缘地的小土鳖,我容易吗?他已经感动了自己,潸然含笑泪下。

生活又如何可能欺骗自己呢?是自己常常过高估计了自己,那不是自己在欺骗自己吗?人生有高有低,有喜有悲。有聚有散,有兴有灭,你能不承认你不喜欢的一切吗?你能不从不仅是正面的而且是侧面反面的一切中认识人生的魅力与庄重,也认识历史吗?他觉得自己对自己有那么点看透了的意思了,他有点自责,有点忏悔了。然后再踮踮脚,监管住自己,鼓舞住自己,安慰安慰自己,也就是了。

除了写作,他专心地养护来家已经三年了的这只金丝雀,毛茸茸,光闪闪,稚气与灵气同时洋溢,鸣而不噪,跃而不闹,善而不叫,形象与清脆的叫声悦耳悦目悦心。他给小鸟起了个名儿,伴伴,世间走这么一趟,总要有个伴儿。两年过去了,金丝雀视大成如父母,见了大成,知心话儿说不完。大成也成段成章地与金丝雀交流,有话就对金丝雀倾诉,有文章先说给金丝雀。有次他问金丝雀:"你说人间到底有没有爱情呢?"雀鸟回答的叫声,大成理解的是:"不住,不住,靠不住。"

我已经是懂鸟语的公冶长了。公冶长公冶长,南山有个大肥羊,你吃肉来我吃肠……

有一次他居然向金丝雀出手了他的招牌节目,从上大学时练就了的 Если жизнь тебя обманет——《假如生活欺骗了你》,俄语朗诵,然后他甚至于想象已经听到了金丝雀的俄罗斯语回应,"涅普拉契帕他密……"中文意思是:"请不必为一切的结束而哭泣,还是为了曾经有过,微笑吧。"伟大的俄罗斯美文啊。

大成凄凉了。他把金丝雀伴伴从鸟笼里放了出来,金丝雀在家里飞了一会儿,自己乖乖地飞回了铁笼子。它的小眼睛一直盯着大成,好像怕他掉泪。

从二○一八年春节,在大成与小鹃外语通话后,大成与金丝雀的谈心从此改而以俄语为主了。他相信将小鸟培养成精通多语种鸟才,比培养一个外语专业人才要容易些。在一八年春节与小鹃视频通话外语后,他前所未有地体察到了一种乐感,他们在说英语俄语,他们更像是在唱歌,也许是在吹笛子或者弹吉他。也许更像是在吹口哨。英语富有一种鲜明,有意态纵横的悠游灵巧。俄语有一种惟妙惟肖的激情,以及对世界万物的较劲。正像视频通话时手机屏幕上出现的闪闪烁烁的对方头像,让你觉得是她或他,也可能不是她或不是他一样,英语与俄语的"爱拉夫游、迈迪儿、娅留不留",也许不是当真那样地"我爱你亲爱的我爱你",说不定只是弹一个唱一个拉一个吹一个小小小夜曲罢了,爱是好听,爱是随缘,爱是流畅与美不恣儿恣儿。哪怕是凄美,美丽也已经战胜了凄怆,战胜了悲惨与无望。爱,不爱,悲情,狂喜都是窦昵丸,是音乐的情愫与情绪的显扬。你不需要为爱、为婚姻、为许诺与誓词付出那么多后续,做出那么多牺牲,承担那么多撕裂心肝的痛苦。从此,大成的老年,就坚持用各式外国语与金丝雀语唱歌奏乐吧,他获得了新品类的爱情。诗为证:尴尬风流赋未成,金丝俄语恁含情,荧光闪烁真如幻,伴伴当年笑语声。

也许用俄语思维,用俄语思维自怨自艾自恋,比用母语能保持另一类稍高的雅致。有什么办法呢,他的俄语学养,还达不到随意、凡俗,朝地上一摔就遍地流淌,粗夯而又自由的驾轻就熟度。他学得再溜,也还暂时做不到成为那样的大大咧咧的莫斯科人,冬季暴风雪中,酒后街边酣眠,活活冻死,那才是纯熟的与得心应手的俄罗斯。更辉煌的是作曲家格林卡写下的俄罗斯最早的歌剧《伊凡·苏萨宁》,俄罗斯的民族英雄,一个普通农民,将入侵的波兰军队引入了森林绝境,叫做"为沙皇献身",他的故事很接近中国的抗日儿童王二小事迹。更动人的也许是果戈理的《塔拉斯·布尔巴》。可惜,果戈理那本书写的是乌克兰人,如今,如今你再不能将俄罗斯与乌克兰混为一谈,这已经是不相为谋的两个国家了。他傅大成之流,只是浅浅地学了一点点普希金与契诃夫而已;谈不到登堂,更不是入室。他在俄语会话或者独自思忖的时候,从没有忘过自己是,最多是学士大学生,他的俄罗斯式忧郁,更像是在摸着石头过河罢了。他必须小心翼翼,适可而止,留出重答与改错的空间。

一个是外语,一个是金丝雀,再有就是西洋的交响乐。大成用这些填补了失落与空虚。他购买了大量 CD 唱盘,购买了山水蓝牙音箱。他发现从小提琴协奏曲开始,是接受西洋交响乐的好办法,毕竟小提琴的声音与二胡与其他类的胡琴接近,而协奏曲中的小提琴旋律引领着他的耳朵与身心。门德尔松的 e 小调,华丽滋润芳香,从而欣赏生命,喜悦自身,享受爱情,抚摸岁月年华悲喜。贝多芬的 D 大调,饱满雍容,王者风范,充实平衡,信心百倍,他知道贝多芬的一生也有很多痛苦,但是他的音乐洋溢着仪式感、崇敬感与高尚感还有充足感,贝多芬活得大大方方,富富堂堂。柴可夫斯基的小提琴协奏曲也是 D 大调,追寻摇曳,情深如海,旋律如诗如歌,俄罗斯的沉醉与悲戚令他震颤匍伏。而勃拉姆斯的 D 大调,稳稳前行,深沉凝重,不慌不惊,偶然遇到了小溪清澈,绿草芳菲,勃拉姆斯坐下来似有喜悦的盘旋,然后步履坚定地走了下去……

没有办法,他对音乐的崇拜超过了一切,音乐唤起的是对于永生,对于终极,对于大爱大悲大美大恋大千世界的崇敬与满足,他相信,音乐能够战胜爱恨,战胜得失,战胜生死,战胜天人与物我。他追寻文字语言的音乐感,他相信他会写下去,而且写得更好。

他心服口服的是,回忆在当年的西柏林与西德之行中,小鹃给了他西洋音乐的启蒙教育,给他讲了那么多舒曼、勃拉姆斯还有舒伯特与贝多芬,后来老夫老妻了,也多次去过人民大会堂附近的国家大剧院听本国的与欧美的著名交响乐团的演奏。是小鹃与他们的爱情,给了他另一个音乐的世界。每想起杜小鹃,他心存感激。想起自己的八十年起伏迂回,他心存感恩。想起白甜美,他只想五体投地,叩头流血,哭死他这个姓傅的。

到二〇一八年大成满七十八岁的生日,他写了一幅大字:"逝者如斯,幸甚至哉",题款"戊戌秋大成涂鸦"。他有了一个篆体名章,Z城著名金石家范白石的得意之作,上书"农家大成"。另有一个闲章,上书隶书"仍旧依然",自己刻的。

第二十九章　不哭

傅大成在二〇一九年年初就有一个计划,他将在此年的十月七日阴历九月九日重阳节,去给白甜美扫墓,这一天是甜美的八十五岁冥寿,他准备献白菊花,在甜美墓前长跪,能跪多久就多久,就这样跪死也随缘。甜美的在天之灵当然会感觉到,会像天使一样地敲打他也疼爱他,也许终于救赎了他。他还隐秘地盼望着,在梦里能见到甜美,他相信甜美一定会来到他的梦里。

后来他跪得很不理想,生活啊,美丽的兴旺的急急忙忙鼓鼓囊囊的生活啊,你硬是不给傅大成长跪当哭、长哭当歌的机会啊!他怎么也想不到墓地发展得膨胀得拥挤得这样迅速赶紧实实着着啊。几年前,白甜美的骨灰罐安葬于墓园新区,她的墓地是一排六号,她是新区新来到的第六名安息者。实际是第二名,因为墓地前五名位置只有一个是竖立了墓碑埋葬了骨灰罐的,其他四个位置,只是已经售出,应该算预售出了,却尚未到来安息者。七年过去,这次他来,已经增加了上百个新逝者的名姓镌刻碑牌,竖在这里。墓穴有主,墓碑实名,稠密如麻,大同小异,互相遮蔽。他找甜美墓几乎迷路,过去他知道歧路亡羊,现在才知道歧路也可能亡墓亡灵亡碑亡妻。他好一会儿才找到白甜美的名字。白甜美的墓上放着一小盆康乃馨花,几个工人在那里忙着干活,说话不管不顾,声音很大,扰乱了这个最该清净的地点。他没有好好哭成,也没有跪踏实。这是真实的,对不起,他跪下来时想着的是,是不是要向管理处反映意见,请工友们在这里降一降分贝,总应该有一种对逝者的尊重与墓地文明。而且,跪下时,他惦记了一下渺小的金丝雀伴伴,出门时候,伴伴是那样不依不舍地看着他又叫着他。它比大成自己,更理解自己面临的痛苦与危险。

爱情是能够祭奠的吗？反正,他祭奠得不够忠诚与专一。

只是当晚睡了一小觉以后,独自躺在床上,他哭了一场。

他问阿凤,妈妈的坟墓上的康乃馨盆栽是不是她放下的,阿凤沉默了一下,说不是,说也不像是鱼鳖村的本家送的,应该是别人送的,大成问:"是妇联的朋友？"阿凤说不是。最后阿凤才说,应该是郑叔吧。

大成更惭愧了,他送上的是纸花束。

利用到家乡给甜美上坟的机会,他也去看望了退休还乡的老同学赵光彩。新世纪以后赵老弟升职成为副省级官员。后来说是由于老丈人经济问题受到牵连,他被留党察看与降为副局级,回到滨海县养老。二人一年前在北京见过面,光彩显得清爽,白白净净,笑容满面,同时大成觉得他心不在焉,笑中有苦味存在。一年后,二〇一九,中纪委公布他的问题了,大成嗟叹。后来二人在家乡见面,唏嘘不已。赵光彩相当显老,开始罗锅了,而且边说话边不停地咳嗽,说话时带着齁齁地气喘的声腔。他明明比大成年轻好几岁,却老声老气地把大成夸赞了半天,把大成说成有心眼子的成功者与头脑清醒的幸运者,"还是你的路走对啦,我服啦,我不服不行,识时务者为俊杰,从容不迫者成大器！我算是白活了,我算是一事无成,我算是万念俱寂啦！你才是明白人！是以圣人抱一为天下式。不自见,故明;不自是,故彰;不自伐,故有功;不自矜,故长。夫唯不争,故天下莫能与之争……"光彩侃侃而谈,念念有词。大成听得反而愁眉苦脸,对光彩说:"我有什么呀,我明白什么啦？"大成苦笑,光彩更加鼓掌,然后拍自己的大腿,不断地说:"这回更是对了,明白了,只有透彻了,才会说:'我啥也不懂。'苏格拉底,李耳太上老君老聃,都是这样说话的哟！"

"老就老了呗,"大成说,"欲哭无泪,欲泪无由,欲悔无缘,这还有什么可说的呢。你老,我更老呗!我们有什么要说的吗?反正我们没有白活,我们赶上的是高潮再加高潮,前进接着前进,创新接着创新。我们也错失了很多。我们赶上的,错失的,都比孔子还热闹,比李白还高大,比柳宗元和王安石,比王阳明和曾国藩,比李大钊与瞿秋白其实都走运,却也分量十足,钢钢的。我们就算活得有声有色的了。我们比古人差的不是环境也不是运气,是自己的本事、智慧和品质。再说这说那,那是不公正的。"

赵光彩忍不住地点头,他哭了。他呜咽着说:"问题不在于我老了,赶不上了,而且错失了此生,在于我后悔呀,我没劲呀……"说着他给了自己一个耳光,被大成抱住了。

大成获悉,曾经有人劝白甜美办一个女性婚姻博物馆,他不免放在心上。他计划与省筱莲花梆子剧团,再找一家文化公司合作,先办一个以甜美命名的中国婚姻博物馆。先从婚姻题材的戏曲开始,《秦香莲》《西厢记》《梁山伯与祝英台》《拜月亭》《倩女离魂》《牡丹亭》《红鬃烈马》《打金枝》《朱买臣休妻》《拾玉镯》一直到《乔太守乱点鸳鸯谱》。当然,他会得到阿龙与阿凤的支持。不必那样强调悲剧,是悲剧也不宜说什么太多的悲呀伤呀哀呀痛呀什么的,小知识分子的悲剧感其实是太廉价了,对不起,所有哭天抹泪、怨天尤人的家伙那里,有几个人配说自己的生活是悲剧呢?不是丑剧闹剧已经难能了。

几个月后,二〇二〇,我也就八十岁啦,大成想。我选用个什么字去说明自己的年龄呢?怎么五十岁、六十岁、七十岁时候从来没有认真思考过年龄、生命、不舍昼夜地流逝着的时光呢?居然我傅大成也杖朝——可以挂起拐棍上朝了?耄而且耋了?多么有趣啊,一个网络的"小编"居然混淆了耄耋与饕餮,将一位知名人士的进入耄耋之年写成进入饕餮之年,多么快乐呀,八十岁时候痛痛快快地进入了大吃大喝的饕餮之年喽。

要不等九十再去测着玩吧,等到鲐背之年吧。

鲐背,是说九十岁的时候,你的脊背上会出现鲐鱼背上可见到的纹络。呜呼,恸哉!

但是,当我们说到人生,说到男女,说到光阴,说到新与旧式婚姻,说到发展进步与历史的代价,说到他们的被匆匆树立欢唱又匆匆占位替代的生活的时候,喜在眉梢的同时,难道不多多少少地感觉到悲从心来吗?

大成在电脑上用王永民的五笔字型打"悲从心来"四字——DWNG,出来的是"春情"二字。

作家出版社 2020 年初版